多和田叶子 作品

たわだようこ

多和田叶子
（©朝日新聞出版 / 写真映像部 / 上田泰世）

白鹤亮翅

はっかくりょうし

[日本]多和田叶子 著

林拳 译

译林出版社

那天，我正准备外出，打开家门，就发现M先生站在门口。他单手抬起，刚要按门铃，而大门却突然敞开，吓得他睁大了双眼，呆立在原地。幸好德国的门是朝内开的，否则以我推门而出的力度，门扇很有可能伤及他的鼻子。

“您好啊，别来无恙？”

我立马打了个招呼，想借此缓解尴尬。但M先生既不以ja作答，也不以nein[1]作答。为了终结这份沉默，情急之下，我只好随口抛出一个话题：

“这扇门开关的时候总是吱嘎地响。我看到网上写，往铰链里搽油会好点。但家里只有色拉油，我又担心搽色拉油会招蚂蚁。”

M先生专心地听着我的话，眼睛也不眨，但又什么也不说。我无计可施，只能直截了当地问道：

---

1 德语。ja 意为“是的”，表示肯定回答。nein 则意为“不是”，表示否定。——本书脚注如无特殊说明，均为译者注

“请问您有什么事吗？我正在赶时间，必须马上出门。”

“其实我有件事想请您帮忙，但完全不着急，下次再说吧。”M先生答道。

他的脸上浮现出一种既腼腆羞涩，又仿佛正企图恶作剧的少年的神情。

“那就麻烦您到时给我打电话。不好意思，但我快赶不上约定的时间了。”

说完，我便匆匆赶往公交车站。平时的我总是喜欢慢慢走，但那天却硬是加快了步伐，结果就是踉跄了好几回。我很容易摔跤，这多半是因为我走路的时候不怎么抬脚，又总是弯着腰吧。

我说自己赶时间并不是借口。大概十五分钟前，我的朋友宝拉一通电话打来，让我尽快赶去她家。她说在她家门前的那棵大树上，有个七十多岁的女人一脸悠然地坐在高高的树枝上，双腿还悬在空中晃来晃去。无论宝拉如何劝告说“那里太危险，赶紧下来”，她都毫无反应。所以估计她要么是听不懂德语，要么是耳朵不好使了。宝拉看她的面相觉得像是日本人，所以才叫我赶紧过去。

“光凭长相你就能确定她是日本人？”我反问道。

宝拉则回答：“因为她穿着一件类似于絣纹[1]和服的罩衫，斜挎着印有皮卡丘的小包包，所以绝对是日本人。”她已经报过警，想拜托我在救援人员搬来云梯之前，用日语告诉那女人在树上稳住，不要乱动。

宝拉是我在大学里认识的朋友。她的性格让她无法对身处困境的人坐视不管，甚至别人没有困难，她也要想方设法给予帮助。高高的树枝上坐着一个年逾七十的、不懂德语的日本女人，真是个难以想象的场景；但柏林生活已使我逐渐接受了世事难料、离奇之事时有发生的现实。

户外的空气比我想象中更凉。我不怎么看天气预报，经常是出门以后才意识到，气温比起前一天已经骤降。室内的温度恒定在二十摄氏度，透过双层窗户朝外看，遇到晴朗的日子，总误以为外头也很暖和。我们已经走入了被湿漉漉的落叶所覆盖的秋季，秋天好像一条伸向冬天的坡道，倾斜而陡峭。

我打了个寒战，像乌龟一样把脖子缩进夹克衫的领子里，已经没时间回家拿外套了，我径直朝公交车

1　日本的一种传统纺织纹样，在江户时代后期到明治、大正、昭和时期之间深受庶民喜爱。

站走去，小跑着跳上了靠站的公交车。在最前面的座位坐定，我松了口气，一边茫然地望向窗外，一边又想起M先生的请求——他到底想要我帮什么忙呢？

“其实我有件事想请您帮忙。”这句话使我的心雀跃不已。我并不擅长对他人施以援手，甚至完全相反，总是留给别人一种亟待帮助的印象，所以才会在偶尔受人之托时如此兴奋。M先生所求何事，我完全没有头绪。我刚搬到这里没多久，与他只有过两次交流。

第一次和M先生说话，是在我刚刚从柏林的另一个地区搬来这里的那天。持续已久的搬家准备期突然宣告结束，我感到内心有一种空虚。在此之前我一直忙于打包，完全没有对即将来到的生活新篇展开过思考。如果把生活比作写文章，那么此时大概需要另起一行，甚至可能需要额外空出一行。

所谓搬家，就是变更自身与他人或者与土地的联系，但在此之前，还需要变更电力、煤气、电话，以及互联网的合约。从弗莱堡搬到柏林的时候，我的丈夫早濑还在，于是理所当然地，我把这些手续全部推给他办。

然而早濑是一个学究气息很重的人，处理具体事务的速度就跟在沼泽地里行进似的，十分缓慢。就算是新的电话合约，他也要逐字逐句地读到自己满意为止，因此耗费了大量的时间。

“电话合约又不是海德格尔写的，用得着读那么多遍吗？”

面对我的冷嘲热讽，早濑不以为然：“有时候合约里可能会写有要求人出卖灵魂的条款，所以就算是电话的合约，也应该认真读。”因为他说得一本正经，所以我没能在第一时间察觉到这实际是个玩笑。又因为他没有笑，我的笑容也很快消散了。

我的丈夫姓早濑，但据说小学时代的他被叫作“迟濑”。早濑耗费大量时间像阅读哲学书籍似的阅读各种合约，这很有可能是因为，对他来说，阅读至少是擅长的事务，至于那些他所不擅长处理的事务，例如电话交涉，则经常会被拖延，要是拖延到明天或下周倒也还好，而他拖延的目的地却经常是名为忘却的无尽未来。要是这样就麻烦了，所以我总是看准早濑吃饭时，将食物送入口中的那一瞬间，趁机柔声问“你联系电话公司了吗？”，以此更新他的记忆。而我之所以选择这个时间点，是因为，在除此之外的时刻，早濑从来都是全副武装，时刻提防着我会说些什么来找他的麻烦。哺乳类动物只有在进食的瞬间才会放松警惕。

但早濑彼时的回答却出乎了我的意料。

“你自己处理不行吗？本来你就比我更擅长处理这些事。过去，社会事务确实只能由男性出面处理，所以是刻在基因里的时代记忆百般阻挠，让你无法采取有效的行动吗？明明自己动手早就可以解决，却偏要推给男性，然后再催促他，安抚他，怂恿他，直到把自己也弄得心烦意乱，不觉得很浪费精力吗？”

我恍然大悟。于是第二天便打电话联系了电信公司，敲定了相关事宜。整个过程就像把刷子伸进堵塞的管道里，一捅，水便神奇地恢复了流动——就是那样的感觉。

从弗莱堡搬到柏林以后，我和早濑共同生活了一段时间，之后他独自回去日本，再也没有男人充当我与外界交涉的代理人。于是，热水器坏了，我就自己给修理公司打电话；遭遇入室盗窃，我就自己报警。其实并不难，就只是拨通电话，然后说明事项罢了。话虽如此，我还是很害怕。我害怕向不认识的人说明自己的要求，尤其是在打电话时，我沦为一个仅仅是带有外国口音的存在，无论说什么，可信度都大打折扣。此外，我反应慢，总是害怕听错，于是反复确认。这又使得我的外国口音愈发突出。

如果不是打电话而是面对面，那无论是在商店还是在政府的办事窗口，我都没有遇到过不友善的对待。如果是面对面的交谈，那么对方就会知道，我是一个外国人，是一个需要他们帮助的人。但要是打电话，我的外国口音就只会显得奇怪，说不定还会激起人类在面对难以捉摸的未知之物的恐惧。说不定我的声音听起来是很傲慢的，而在我的脸上，却有一种与之全相反的，乞求他人帮助的神情。

维修热水器的经历最终成了一段美好的回忆。在一个比往常精神头更足的日子里，我毅然决然地拨通了电话，电话那头的女人用十分可靠的声音三下五除二地为我敲定了维修的日期。

修理工很快来了，他哼着小曲一边换零件一边不时同我闲聊几句，很快就修好了热水器。在他走后，我照了照镜子，发现自己的脸看起来更年轻了。说不定同他人接触能激发我们细胞的活性。早濑离开后，我一个人留在了柏林的家中。在日语里，我住的这地方应该叫作“公寓楼”，但我既不喜欢日本常用的

“公寓”一词的前半部分“公”，也不喜欢后半部分的“寓”，所以刻意叫它“集体住宅”，但并不是指高楼林立的密集住宅区，而是指包含六十到八十平方米住房的多层建筑，有人是租户，有人是业主。我们所租住的，就是这样一栋租金相对便宜的公寓楼，它坐落在一个人气颇高的街区。白天，嘻哈音乐的旋律与西非民族服饰的色彩将街道映衬得生动而富有活力；土耳其语低沉的贝斯音与美式英语小号般的旋律交织在一起，阿拉伯语的喉音与舌音则化作打击乐，猝然间“猫、这个、看啊”等日语单词闯进耳朵，让人不时一惊。

天黑之前，这里还算不错。然而太阳一落山，黑暗便会骤然降临，将行人尽数吞噬。路灯是有的，但一盏盏间隔实在太远，就像靠不住的少年哨兵。我有夜盲症，膝盖以下的世界一概是看不清的。

走夜路感到害怕时，我会用手机的手电筒功能照亮脚下。光线落在啤酒瓶的碎片以及注射器的针头上，形成反光，要是不小心摔倒，膝盖扎到针头就糟了。我很容易摔跤。光想到这一点就感觉自己真的要摔倒了。人行道的两旁，不时能瞥见一团团的暗影，是那些裹着睡袋睡在大街上的人。在我从前住的那栋楼的入口处，时不时就会有人睡在那里。那时的我，每次开门都得小心翼翼地猫着腰，伸长手臂。

变回独身之后，我想住在更安全的社区，于是便请苏茜帮忙留意是否有合适的房源。过了一段时间，她在一个安全的街区为我找到了新住处。

搬家公司为我送来整整五十个纸箱。我开始打包行李，几天后，我做了一个梦。在梦里，我已经一百多岁了，并且有幸地得到了升入天堂的资格。身穿天蓝色西装、染金发的天使向我解释道：这就像是不用参加升学考试就直接保送入学。我大感宽慰。

但问题很快就出现了。所有飞往天堂的航班都只有经济舱，最多只能携带二十三公斤行李。我猜天堂应该是一个特别无聊的地方，便想带上一本经得起重读的小说。又因为天堂是个和平之地，所以我想要尽可能地带上那些内容近似于地狱的小说。

房间里散落着各式各样的书，唯独没有小说，有的只是早就该被扔掉的应试参考书。我拿起一本名为《汉文演习》的参考书翻起来，上面记载着一个名叫孙康的人的励志故事。 故事讲的是孙康因为没钱买灯油，就借着雪的反光读书。不知道为什么，我的直觉告诉我，这个故事会在考试里出现。果真，在参加京都大学的入学考试时，无论是汉文、英语还是世界史，统统都是围绕着孙康映雪的故事展开的，于是我顺利地考取了。

依赖预知能力入学，就和走后门一样，是一桩卑鄙之事，所以我虽然成功考取却感觉灰心丧气。就在我意识到自己的所作所为不仅仅是懦夫的行径，更是不折不扣的犯罪时，我醒了。真是个古怪的梦。顺带一提，虽然我一直对京都大学心怀憧憬，但实际上就读的却是跟老家埼玉之间交通很方便的东京的私立大学。

也正是在那天的上午十点左右，电话响了，是苏茜。“吵醒你了吗？抱歉。”她对我说。我则顺势跟她讲起了刚做的梦。孙康因为没钱买灯油，靠雪地的反光读书的故事意外激起了苏茜的共鸣。

“哇，用雪做灯。简直太棒了。”她说。

“怎么说？”

“因为很环保啊。明明风能和太阳能都在被开发，但却从来没听说过有家庭使用雪能。从雪中获取能源的这个想法真的很棒。没想到在中国的古典文学里，还隐藏着一把解决未来环境问题的钥匙呢。”

在我还是个中学生的时候，只觉得孙康在物质条件极度匮乏的情况下还如此努力学习，真是相当励志。但在这样一个有才华但经济条件差的人已经可以依靠申请奖学金来学习的世界上，说不定，将雪视作一种可再生的能源加以利用的读后感才更可贵。

德国，不用说，是富于雪能的，我还想到，在日本的北部，说不定可以通过开发雪能来替代核能。但我没有把这个想法告诉苏茜。这个女人为自然保护组织“绿色和平”工作，一谈到可再生能源的话题就刹不住车。现在的她必须依靠轮椅才能自由活动，于是从“绿色和平”接了一些在家也可以做的事务性工作，业余时间就在互联网上为移民上德语课。

我告诉她自己还得准备搬家，于是挂断了电话。这不是借口，实际上，我的打包工作可以说是毫无进展。我的财产并不算多，只是近几年囤积了许多书。我抬头望向书架，必须装进纸箱的书之重之多，几乎要将我的意志压垮。于是我便想放些适合跳舞的音乐来舒缓心情。就在这时，一张橙色的 CD 吸引了我的目光。封面上，一个男人在树荫下弹着吉他，一个女人拿着手鼓，还有另一个女人躺在吊床上，手上停着一只酷似鹩哥的鸟。画面是由极朴素的笔触画成的，上头几个黄色的大字：巴西音乐；背面则印有“巴西的桑巴、巴萨诺瓦与其他”的字样。

巴西音乐响起来了，刚播放到第一个小节，我的情绪就发生了180度的转变。我晃动肩膀，并且不只是我，当音乐奏响时，书架上面无表情、沉默不语的石川达三[1]和三岛由纪夫也穿上了沙滩裤，相继跳入了泳池般的纸箱中。无论是石川达三还是三岛由纪夫，都曾为巴西所吸引。克洛德·列维-斯特劳斯戴着眼镜跳进了泳池，他也曾启程前往巴西。紧接在列维-斯特劳斯之后的，是面色苍白、衣冠楚楚的查尔斯·达尔文，他也从船的甲板上跃入了海中。人类社会的起源在何处，人类如何成为人类，人类文明曾经是何种形态？将这些疑问塞进行李箱，许多人启程前往巴西。书架的秩序逐渐解体。我急忙盖上了纸箱盖。

在为搬家收拾行李时，我注意到了许多已经完全被我忘记，又的确为我所有的小东西的存在。比方说，一只鸡，头顶的肉冠如同燃烧的火焰。印在一只装有旋涡状蚊香的高约十五厘米的圆柱形罐头盒上。我仔

---

1 石川达三（1905—1985）：日本小说家，1930年移居巴西。主要作品《苍氓》获芥川奖，描写了日本移民在巴西的遭遇。

细地端详着鸡的脸。在鸡的左右两侧，怒放着六朵迷幻气息十足的小菊花，使人想要称呼其为宇宙鸡。鸡的脸上写满了自信，气质如同明治时期的人。听说这图案设计模仿了大正时期的风格，是昭和中期兴起怀旧复古风时的产物。我觉得挺有意思，就买了它。

柏林几乎没有蚊子。但不知为什么，每隔几年它们就会爆发式袭来一次。无数的蚊子，仿佛是从空无中一拥而出。每当蚊子振翅声在耳边响起，我便会忽然想起并拿出这罐蚊香。我用火柴点燃被切成锐角的艾草色蚊香的前端，享受着随青烟飘入鼻腔的怀旧香气。随后，在不知不觉中，我的那份为时间所追赶的焦躁感亦被卷入了旋涡之中，它的速度慢了下来，并试图降落在当下。

我喜欢蚊香的气味和形状，即使没有蚊子也总想点上。然而在德国，除虫菊的气味却很有可能使人联想到危险与犯罪。那是住在弗莱堡时的事了，我不在家，但小包裹却寄到了，于是隔壁邻居施密德先生便替我保管了包裹。在将其转交我时，他嗅到了从房间内飘出的蚊香味，于是皱着眉头问："恕我失礼，请问这是什么烟？"

我慌忙答道："这是香。佛教徒练习冥想时就会焚香。”如果我说自己在没有蚊子的时节也点蚊香，估计只会加深他们的怀疑，所以就随口扯了个谎。听到是佛教，邻居似乎松了一口气。

“啊，这样啊。佛教啊。原来如此，听起来不错。”接着，施密德先生皱起眉头又说，“我只是忽然想起了那件事。恐怖分子在地下喷洒了一种会产生有毒气体的、叫作萨哈林的物质。日本就曾经发生过类似的事，对吧？”

“不是萨哈林，是沙林。”

对于施密德先生来说，遭受沙林毒气袭击[1]的国家是如此遥远，以至于无论是蚊香、佛教、沙林，还是萨哈林，都全部混杂在了一起。

住在弗莱堡时，我有过各种邻居。既有像施密德先生一样，对任何外国事物都怀有戒心的人，也有如齐贝格女士一般，对遥远国家的文化充满兴趣的人。齐贝格女士热爱有关江户时代的一切，不仅知道蚊香是什么，甚至还有一只自己的猪形蚊香炉。我很惭愧，在她说出“KAYARI[2]”时，没能立刻回想起对应的汉字。

---

1 指1995年东京地铁沙林毒气事件。日本现代史上最严重的恐怖袭击之一。

2 日语“蚊香”的发音拼写，写作“蚊遣り”。——编注

“据说这款蚊香炉是在三重县的四日市制造的，只需要从猪屁股的位置塞进一些能够形成驱蚊烟雾的草叶，就能驱虫。”

“江户时代的人都是这么做的。”齐贝格女士说，仿佛是她亲眼所见，尽管年近八十的她绝无经历江户时代的可能。她曾是汉莎航空的空姐，一找到机会在亚洲的城市驻留，就会去逛古董店。这似乎是她毕生的爱好。

我小心翼翼地将蚊香罐塞进了搬家用的纸箱里。准备搬家，除了需要将摆在架子上的物品扫入纸箱，还需要完成一道名为“齿缝清洁”的工序，也就是把卡在抽屉柜和墙壁、书架和抽屉柜之间的物品取出，并把不需要的扔掉。塑料保护膜、体操垫、野餐桌布、大开本彩印杂志。无数物品从未知的缝隙里冒出来，给人一种感觉，仿佛这些缝隙是一道与房屋深处的鬼屋相通的便门。因为住在那头的另一个我不断地将各种玩意塞入这头的生活空间，才导致收拾的工作迟迟无法结束。

在为搬家所做的全部准备工作当中，一大半是将不需要的物品扔掉。处处都是用不上的东西。袋子、包装纸、木板、木棍、布，即使现在用不上，我也舍不得扔，说不定未来会派上用场呢。

有一回，我扔掉了一只坏掉的拖把的握柄，我以为它没用了，然而几天之后，一本平装书掉进了斗柜的后头，我立马懊恼起来，因为要是握柄还在，我就能很快把那本书掏出来了。还有一回，在我终于狠下心将一件旧毛衣扔掉的第二周，收到了去农舍清理落叶的邀请，对方还通知我说“一定要穿耐脏的毛衣”。唉……我想，要是那件旧的还没扔就好了。只有已经扔掉的东西才会在未来被需要，如果不扔，就只会一直闲置，让房子越来越狭窄和拥挤。丢弃的事实强调了物质的存在，使其得以与遗憾的念头一同浮出意识的表层。

扔，还是不扔。我盯着早濑留下的民族工艺品木芥子[1]看了好一会儿。就在我终于下定决心将其扔掉时，一本书脊上印着“舍弃生命”字样的书撞入了我的眼帘。这本书的作者是我高中时代的伦理学老师兼班主任，姓五里。住在弗莱堡时，我曾听到传言，说他已经死于癌症。向熟悉的同级生打听了才知道，原

1　日本传统木雕工艺品，造型圆润可爱，常见的款式为留着妹妹头、穿红色和服的小姑娘。

来老师小的时候曾经历过父亲自杀未遂。

五里老师的父亲曾在战争年代志愿加入执行自杀式袭击的特攻队，所幸在上前线之前战争就宣告结束了，这才保住性命。之后他结婚，有了孩子，也就是五里老师和他的妹妹，再之后，就是经济高速成长期。正是在那个战争从社会生活中全面退场的时代，老师的父亲穿着从二手服装店买来的军装，从公寓楼顶一跃而下。他摔断了腿，在医院住了好几个星期，但活了下来。

五里老师从未向人提起父亲自杀未遂一事，但此事却成了他创作《舍弃生命》一书的初衷。在序言里他写道，假如继续封存这段记忆，那自己的心迟早会因此破碎。“人是永远不可能自愿放弃生命的，除非他们的自由意志已经提前被某些人、以某种方式抹杀。”——全书试图讨论的，就是这个命题。我曾经读过这本书，阅读速度之快如同有人在身后追赶，在此之后，我就再也提不起勇气重读，但从没想过要丢掉它。

书架的一角，那些我再也不会捧起阅读，但又舍不得扔掉的书就排列在那里，我在暗中将其称为“犹豫之架”。书原本就不是用来扔的，一本书，即使想扔也是不能扔的，比方说那本我因为想了解新纳粹而购买的采访集。那是一本优秀的书，记录了那些加入新纳粹组织的瑞典年轻人的真实想法，也是一本一旦放在房间里，就显得诡异而恶心的书。我别无选择，只能将它摆在“犹豫之架”上，以期达到遏制从书中弥散而出的那股不吉的恶之力的目的。

在采访集的旁边，摆着一本名叫《姨舍山[1]的历史与神话》的书。作者是我和早濑在弗莱堡认识的一位女研究员，姓郡山，书是她送的。我还记得收礼时，书的重量沉甸甸地压在手上，使我感到一阵强烈的焦虑，心想：一个比我还年轻的女人，已经写了这么厚的一本书，我到底在干什么呢？郡山似乎暗暗地崇拜着早濑，我想，她之所以会把书送给我，可能也是因为想让他读到吧。

回国之时，早濑把他大部分日文书都留给了我。一眼望去，那些书上永远写着陌生而复杂的汉字，似乎是在拒绝让我读懂。

我想，与其抱着随时都能读，却永远不读的侥幸

1 位于日本长野县，传说旧时人们会将家中年逾六旬的老人丢弃于此。

心理，还不如趁现在快速浏览一遍就扔掉，这种做法说不定才更诚实。我误以为只要自己“有时间”就会读，但实际是一种错觉，“时间”是永远不会有的。应该说，我想读的书已经很多了，粗略算下，每本书大约可以分到七分三十秒的阅读时长。如果是这样，倒不如现在就拿出属于它的这七分三十秒，在搬家前夕争分夺秒的忙碌中，在这七分三十秒的时限内，将其尽可能多地读过，然后，扔掉。

我看着这本书，《姨舍山的历史与神话》，书名里有一个“姨”字。“夷”的意思是外国人，又加上了“女”字旁构成了“姨”。望着“姨”这个字，我忽然产生了一种断然不可将此书扔掉的感觉。年长的女人通常给人一种可悲的印象，但是在“姨”这个字里，我却感受到了骄傲、坚强和神秘。如果说“姨”这个字是贯穿我一生的主题，那未免有些夸张，但可以肯定的是，我与这个汉字，一定有着千丝万缕的缘分。

搬家用的纸箱，寄来时用绳子捆扎在一起，剪线和组装需要很大的力气。我首先组装了五个箱子，放入书，封好，叠放在房间一角，然后再重复之前的操作。我的手本来就干，在组装另外五个箱子时，指关节内侧被割破流了血，于是我便戴上了军用手套。我已经很多年没戴过军用手套了，但我很高兴自己没有把它扔掉。事物往往是这样的，总有一天会派上用场。在“劳动保护手套”一词出现后，“军用手套”这个词也可以扔了。但即便是这样一个过时的死去的词语，只要保留下来，总有一天也能派上用场。

搬家纸箱的租金是这样的：用过的纸箱一欧，新纸箱两欧。我租的是用过的纸箱，所以箱体上留着上一个租客用马克笔写下的字。有些箱子上写着“厨房”，还有些写着“床单”，这些我都明白；但在另一些箱子上，却写着“光明”和“救赎”。这些箱子到底被什么人用过？就算是新兴宗教组织的干部，也无法将“光明”或“救赎”打包装箱再搬走吧。

我小心翼翼地用马克笔画掉“光明”，写上“内衣”，画掉“救赎”，写上“扫除用清洁剂”。亵渎神圣的歉疚混杂着微弱的解放感从心底升起。

独自一人收拾行李，时间如冥想时一般静静地流逝。我一边品味着从一本书或一件毛衣中升起的往事，一边收拾着箱子。渐渐地，时间被拉长，蜿蜒着，距离终点越来越远，我终于开始担心整理工作或许永远无法完成。我本可以打电话向我的朋友宝拉和罗伯特寻求帮助，但总觉得，这是一项必须由我独自完成的任务。我必须面对自己的过去，必须理清哪些是我要带入未来的，哪些是我要抛在过去的，别人不能插手帮忙。

在搬家公司的人揿响门铃的那一刻，宁静的独处时光突然落下了帷幕，人类的气息顿时充斥了整个居所。隐私的空间消失了，陌生人的手贴在装满贴身内衣的箱子、立柜，以及枕头上，毫不客气地，将其塞进停在外面的卡车中。卡车门开着，直到出发，我的家财物什就这样赤裸裸地暴露在路人的眼皮底下。

苏茜向我推荐的这家名叫“猎豹”的搬家公司，是由一群学生成立的。负责人是荷兰的留学生，身高近两米。

“好厉害，这是你创办的公司对吧？”

面对我的夸奖，男生只是平静地答道：

“虽然我还是学生，但比起为老板打工，还是更想经营自己的公司。”

他一边说，一边伸出了厚实的手掌，想要和我握手。手指相触的瞬间，我下意识地瑟缩了一下，刹那间，似乎是日本人不喜握手的习惯在记忆里复苏了，我急忙收回手，不无尴尬地朝他鞠了一躬。我不是拒绝和他握手，只是那手掌太大了，叫我感到惊讶。

我曾在一本杂志上读到，现代的年轻人普遍不喜欢为别人打工，很多人大学一毕业就去当老板。毕竟这是一个仅凭一台电脑就能成立一家公司的时代。住在柏林的年轻人有一部分是从外国来的，也因此，在这里成立的公司，打从一开始就带有国际色彩。

就比如猎豹搬家，不仅老板是荷兰人，受雇于他的学生也都来自不同的国家。个子小小、长相可爱的学生二人组，分别来自塞内加尔和法国。他们的肤色不同，但身材和气场却极其相似，只见他俩一人一头，抬着沉重的书桌和抽屉柜，配合默契。据说两人都是生物化学专业的。

还有那个不远万里从悉尼来到柏林学习罗马史的、身材酷似低音大提琴的学生。他小心翼翼地将我多年未曾打开的小号琴盒抱在怀中轻轻地抚摸。

“你会吹小号？”

他的语气轻松，就像朋友间的聊天，叫人一瞬间回到了学生时代。

“我已经很久没有吹小号了，希望有一天能重新开始吹，但这个‘有一天’可能永远也不会到来。”

一不小心就对他讲了自己的心里话，本不该如此的。但鉴于在他心里，本就不存在“顾客”的概念，对我来说也一样，他就和我之前在派对里遇到的学生一样，没有区别。

“不会的，你要不要加入我们的乐队？”

“你们都演奏什么音乐？”

“主要是桑巴和探戈。”

“但我没有节奏感。”

“不存在没有节奏感的人，所谓节奏，就是呼吸，只要你在呼吸，那你就有节奏感。”

谈话间，老板走近了。“喂，要出发了。”他催促道。

“老板不耐烦了，我必须干活了。”男生说。他正准备离开，却被我突然抓住了胳膊。我抛出了一个问题：

“有人觉得，亚洲女性因为肺太小所以吹不好小号。你怎么看？”

这个说法一直叫我耿耿于怀。只见他的脸上露出奇怪的表情，反问道：“肺太小是什么意思呢？你有测量过吗？”

“我没有。但是我听说，人的体格越大，肺活量就越大。”

“按照这个说法，尼安德特人的大脑比智人祖先的大脑重，但你会觉得我们比尼安德特人笨吗？”

我还在思考这个说法是否合理，忽然就听到了老板的招呼声，那个学生循声向外跑去。

卡车的喇叭响了一下，我走出去，看见自己百合花图案的被套正在接受路人视线的洗礼，产生了一种如同卧室大公开的羞耻感。终于，最后一把椅子装了进去，车后门也顺利关上。起步时，卡车显得有些笨重，我目送它开走，然后朝着地铁站走去。

新房子里弥散着一股篝火与橘子皮混杂在一起的味道，叫人心旷神怡。学生们喊着号子，从卡车上把行李依次卸下来，再搬进新家。他们的操作如行云流水，显得我就像一根碍事的木桩，杵在他们的行进路线上。

“你想把这些箱子放在哪儿？”有人问。

回过神来的我忙回答：“放在冰箱旁边吧。”

这就是我唯一的工作。

终于，所有的行李都搬进来了，书柜也被固定在墙上。等到搬家公司的年轻人都走了，在空无一人的房间中，还有一些人类激烈活动过的痕迹留在那里。

我将对开的玻璃窗推开。刷了白漆的木窗框上，爬着几条隐约的裂痕，露出了底下的条条木皮。我深深地吸入室外的空气，那是仿佛经过了植物净化一般的清新的气息。我想，从现在起，独自一人的新生活就要开始了。

手机响了起来。是苏茜。

“搬家已经结束了吗？很抱歉没帮上忙。”

“没事。其实我也没做什么，搬家公司的人把一切都处理好了。”

“还有什么问题吗？”

“嗯。我确实发现一件怪事。”

“怪事？你的新房子闹鬼？”

“不是鬼，是新兴宗教。”

“新兴宗教？替你搬家的公司是个宗教组织吗？”

“不是的。是我搬家用的纸箱，被前一个租客用马克笔写了‘光明’和‘救赎’的字样。把神的光明和灵魂的救赎装在箱子里搬来搬去的，只可能是新兴宗教团体吧？”

电话那头的苏茜笑了，那笑声就像用勺子敲击平底锅的边缘发出的声音。

“之所以写着‘光明’，是因为箱子是用来装灯的。‘救赎’的箱子里多半是急救药品。”

苏西的解释让Licht和Rettung[1]这两个在我脑海中

1　德语Licht意为“光”，也引申为“光明”，Rettung意为“救赎”。

过度膨胀的词语重新回缩至日常生活的尺度。这并不是单纯的看错，就像将柳树看成幽灵，是我内心潜伏的焦虑滋养了原本就包含在词义中的特定内涵与阴影。

挂断电话后，我如释重负，突然想来杯咖啡，然而堆放在厨房里的两列四层的箱子上，每一个都写着“厨房”，我分不清我的咖啡粉、咖啡杯和意式咖啡壶究竟是装在哪个箱子里。

于是我决定出门散步。俗话说，爱溜达的狗总会找到骨头。我相信自己走着走着应该就能找到咖啡馆。在寻找房子的钥匙时，我注意到，厨房的深处有一扇朝内开的门，钥匙就插在锁孔里。我打开门，是后院。出现在我眼前的是一棵桦树，它看起来就像一个全身缠满绷带的瘦子。在桦树的下方是一片灌木丛，叶子已经全部掉光，花坛里铺满了潮湿的落叶。明年春天这里会不会开花，就要看我的了。

在我的右侧和前方，高高的房屋外墙耸立着，左侧是邻人的花园。邻居家的结构与我租住的宅子类似，横在庭院之间用以隔断的篱笆，跟我的个子差不多高。我踮起脚尖朝对面张望，看见一个上了年纪的男人。他戴着一顶过季的草帽，手里拿着的那把剪刀直叫人想起鹈哥的喙。他面朝一朵鲜红的玫瑰，接着，我们的目光相遇了。

“我是刚搬进来的。”我慌忙打招呼，并说自己叫“美砂”。

男人眯着眼睛笑了，接着，他好像也报上了自己的姓名，但那张埋在银色胡须里的嘴只是发出了一些含混不清的声音，叫人只能分辨出“M”的发音。我朝他鞠了一躬，正准备离开，却看到他直直地望着我的脸，用清晰的声音说：“如果有什么能帮得上忙的，请一定告诉我。”

“真的很感谢您，但现在我什么都不缺。多谢了。”

我含糊地扔下一句既不能说是感谢，也不能说是解释的回答，而M先生却突然间加快了语速：

“比方说，如果您想喝咖啡，但是因为行李还没拆包所以煮不了的话……”

这提议正中靶心。

“您是怎么知道的？”

M先生鼻子上聚起皱纹，满意地笑了。“我小时候曾经跟姐姐学过读心术。我和姐姐的年龄差很大，在我还很小的时候，她就已经是个成熟的大人了。”他说，“怎样，要不要来我家喝杯咖啡？”

“不打扰吗？您是不是还要整理花园？”

"说不定我的花园正盼着我走呢。现在我和玫瑰的关系还可以，但和其他植物有点沟通问题。"

我被他独特的说法吸引了，正在思考应该如何回答，就听到M先生巧妙地继续说道：

"我喜欢煮咖啡。我有个朋友，在哥伦比亚经营咖啡园，直接寄咖啡豆给我，所以我一直想找个机会让别人也尝尝。"

比起在外面漫无目的地寻找咖啡店，在邻居家观赏与茶道截然不同的"咖啡道"手艺显然更加有趣。一走进M先生家，我就闻到一股玫瑰花的香气。最先映入眼帘的是鞋柜上的奇怪摆件，高度差不多到我腰部，一张圆盘形的脸、小眼睛、小鼻子，看起来有些滑稽。在它旁边摆着一双大长靴，对M先生来说，尺码有些过大了，难道他和儿子同住吗？

"好令人羡慕啊，有哥伦比亚的朋友给您寄咖啡豆。"

"年轻的时候我们与其说是朋友，不如说是论敌，只是吵着吵着就离不开了。我有很多朋友性格比他更好，但不知道为什么，经常联系的就只有斯蒂芬·阿斯特。"

在念自己的名字的时候，M先生的发音含混不清，几乎完全无法听懂，但在提到朋友的名字时却念得一清二楚。正因为如此，在知道M先生的名字以前，我就清楚地记下了斯蒂芬·阿斯特这个名字。

“所谓的吵架指的是政治争论吗？”

“嗯，可以这么说。我们无论是谈美食还是谈旅行，最后总会聊到政治。现在也是一样，一见面马上就会吵起来了。但所幸我们住得很远，现在只进行一些无声的，以物品的交换为载体的交流。”

“物品的交换？真不错。他送您咖啡，那您送他什么？”

“书。斯蒂芬把他想读的德语书的书单寄给我，虽然他在哥伦比亚生活了很多年，也读得懂西班牙语，但还是想读德语小说。”

“小说？”

“大部分是时下流行的历史小说。但他爱看的那些书，对我来说，要么充斥着令人厌恶的强制性道德立场，要么充斥着敌视社会并要与之开战的昂扬斗志，我本来觉得反正买了这些书，不如在给他寄去之前自己先读一遍，但总是翻了几页就放弃了。”

我嘴角含笑，连连点头，但马上又意识到，虽说这位M先生长着一副温和老人的面孔，但却出人意料地是一名牙尖嘴利的批评家，我提高了警惕，因为说不定自己有朝一日也会沦为他的批评对象。所以尽量不谈自己，同他聊一聊那位我从没见过，未来也大概率见不到的阿斯特先生可能更安全。

“阿斯特先生为什么要移居哥伦比亚？”

“最先去的是墨西哥。他是一个很容易受电影影响的男人，或者应该说，他是个行动派。在看过爱森斯坦的《墨西哥万岁》[1]之后就决定去墨西哥。但到了墨西哥以后，却连一份能赚够饭钱的工作都找不到。有一段时间，他受雇于奥地利大使馆，帮忙处理行政工作，正是在那一时期的某次招待会上，他认识了一位年轻的瑞士资本家，这个年轻人邀请他去南美洲的咖啡种植园工作。当然，是禁用农药并且尊重劳动者的咖啡种植园。他自然是欣然应允。”

“然后就去了哥伦比亚？”

“没错，他当时在信里说，要在哥伦比亚和巴西之间做决定。就好像他可以选择似的。”

“我也有个远房亲戚移民去了南美。”我说。

---

1 苏联电影先驱谢尔盖·爱森斯坦的纪录片。该片摄于1934年，直至1979年才由其助手完成。

突然提起这件事，我尘封已久的记忆再度复苏了。M先生带着一副希望我告诉他之后发生了什么事的表情等在那儿，但我也不清楚其中细节，于是赶紧解释道：

“但我从来没见过那个亲戚。好像是我妈妈的表兄弟，反正是远房亲戚。我甚至不记得是南美的哪个国家，只记得小时候听说过几次。好像是养鸡，对，鸡蛋。他养了很多鸡，还用很多卡车在一天之内把新鲜鸡蛋运到不同的城镇。就是这样一个成功创业的故事。”

“去了南美就再也没有回到故乡？”

“对，没有遗嘱说明他到底是希望将自己的遗骨埋在南美，还是埋在家乡的家族墓地。因为不知道本人的意愿，所以他的家属也很难办。”

“死后遗骨怎么处理重要吗？”

“很多人觉得重要吧。”

说完，我突然想起了一件奇异之事，于是补充道：

“但那个人对鸡蛋过敏。鸡蛋生意明明很成功，但他自己却一个都没吃过。”

“你们国家很多人对鸡蛋过敏吗？”

“我想应该没有吧。”

“有时我会思考为什么我这么喜欢喝咖啡，这又不可能是遗传。”

“为什么？”

我听说擅长交际的人往往避免用“为什么”，因为它太直接，搞不好会啪地打断对方的谈话欲望。想到这儿，我急忙又添上一句话，试图缓和语气：

“不知道有没有喜欢喝咖啡的基因。如果有的话，那它们会分布在世界地图的哪个角落呢？意大利周围？”

“据说是土耳其人把咖啡带到了维也纳，不管这说法是真是假，咖啡文化在环地中海一带确实很兴盛。我在那边完全没有亲戚。我的亲戚都在欧洲东北部。”M先生忽然收声，随即又咧嘴一笑，仿佛是突然间想起了什么趣事似的，“但您知道吗，因为我的曾祖母是个很开放的人，所以说不定我的基因也很国际化呢。”

“您说的开放是什么意思？”

“就是喜欢有异国情调的男人，现在进行时的恋人数量也永远是复数的。不过对于当时的德国人来说，充满异国情调的男人，不过就是意大利人。在过去，有不少人都在暗地里梦想着能同一个南欧人相爱，但却很少有人付诸行动。所以曾祖母的事情成了当时的一桩丑闻，据说在当时，人家叫她‘长靴夫人’。”

“长靴?”

“我猜是因为周围的人都认定她和形似长靴的意大利半岛缘分不浅吧。但那只是嫉妒而已。”

“所以都是谣言?”

“我的曾祖母生了四个孩子，只有老大，也就是我的祖父长得像父亲，另外三个孩子都各长各的，没有半点相似之处，所以有人造谣说他们每个人的父亲都不一样。”

“就只是谣传吗?”

“证据是没有的。就像有亲戚说他们兄妹关系很好，但我母亲却说他们彼此憎恨一样，真相谁知道呢。我母亲自己也和哥哥闹翻了，很多年都没说过话。”

我大脑里开始红灯闪烁。M先生母亲的故事显然是过于沉重了，于是我迂回地以“您一直喜欢喝咖啡吗?”的提问转移了话题。

“没有，以前是没有咖啡的。”

M先生说，右手用力撑住扶手，慢慢地站了起来。他伸出左手从一旁的桌子上拿起一个小盘子，放在了我的面前。这是一个有意保护腰部的动作，我担心地看着他，但M先生却只以一句“现在流行腰痛呢”淡淡地带过了。如今腰痛的确并不少见，即使是比M先生年轻得多的我，有时候早上睡醒，腰也会弯成平假名“く”的形状无法伸直。要花上很长的时间才能把腰从“く”变成“I”。我有时还会因为闪到腰而无法行动。把这些告诉M先生时，他笑了：“闪到腰的时候，就在睡觉时用热水袋热敷。”听了他的话，我想起某件事。

“有人教过我一种能有效地对付闪腰的德国传统疗法。两公斤土豆连皮一起煮。煮熟之后装进旧枕套，再把腰靠上去睡一晚。我试过一次，睡醒时已经完全痊愈了，简直不可思议，比热水袋更好。”

M先生一边听一边点头。

“我也听说过这种疗法。要是出生在富裕农家，我可能就会这么干，但对于那时寄人篱下，又总是饿肚子，还曾经在住所的一角栽过土豆的我来说，这是做不到的。治疗用的土豆在用完过后就会扔掉对不对？”

“这就是问题。靠在土豆上睡一晚，土豆就会变形，并且还会沾染上一股咸味。我可不想吃被自己的汗液浸透的土豆泥。虽然说它可能咸得很好吃。因为我觉得扔掉很浪费，所以就想把它们放到城郊的森林里。我走进森林，来到了一处朋友曾经指着地图告诉过我说附近有野猪的地点，我看到一栋被漆成奇怪颜色的小房子，突然害怕起来。它有点像《格林童话》里女巫的房子。”

M先生眯起眼睛，但眼睛里却没有笑意，仿佛是为了摆脱黑暗的回忆，他提高了声调，问道：

“您也有腰痛的毛病，因为做的是没法离开办公桌的工作吗？”

“对，我做翻译。”

“翻译家的工作很让人向往呢。我语言不好，所以知道自己是绝对不可能当翻译的。您小时候的理想是什么？”

“当时我觉得自己长大之后可能会每天早晨都去某幢写字楼上班。我不在乎工作的内容，觉得只要能一脸严肃地坐在办公桌前就够了。”

“也就是说，任何工作内容都行吗？”

“对。”

“您在大学里学什么专业？”

“我喜欢小说，所以进了文学部，认识了在那里做讲师的我的丈夫，因为他来德国留学，我也就跟着来了。那时是在弗莱堡。”

在M先生的脸上，写满了想要知道后来发生了什么的好奇，于是我便将一些通常不会同初次见面的人讲的事也告诉了他。

“在他的奖学金到期后，我们决定自费在柏林住上几个月再回国。但我立刻就爱上了这座城市。不是爱上了某个人，而是爱上了一座城市，原来还有这样的事呢。后来我的丈夫回国了，他在老家附近的一所大学找到了教职，但我就这样留在了柏林。”

M先生保持着沉默。

“我尝试做各种兼职来赚钱，但最后还是重新考进了这里的大学，我拿着奖学金学了一段时间，德语水平提高了就开始做翻译的工作。但现在已经没有再去大学上课了。”

“并不是每个人都能靠翻译为生的。做有趣的工作并获得报酬是很棒的。”

“我本来是想翻译小说的，但却接不到委托。我大部分工作都很无聊。但翻译小说毕竟是我的梦想，我不想忘记初心，所以就自己吭哧吭哧地译了一些，但并不能变现。”

M先生看起来好像还没听够，但我却产生了仿佛被初次见面的人看到洗褪了色的内衣的尴尬。我想知道他的职业，思考着要如何提问，刚坐起来一半，隔壁房间的电话就响了。于是我急忙说：

“咖啡很好喝。谢谢您的招待。我先回了。”

“请在这里等一下。电话很快就打完了。”

“不了，我马上还要出去。”

“那有机会再来喝咖啡吧。但我没办法帮您整理搬家的行李，腰不好。”

那之后又过了两周，我和M先生有了第二次交谈，搬家的行李虽然还没有拆完，但因为是独居，所以也没有理由着急，只要把厨房整理出足够做饭的地方，再在靠窗的书桌上摆上文具和字典，就是舒适的家了。

现在我手上的工作，是翻译一份与东德的日常生活有关的文件的一部分，其中有关于“住房”“休假”“育儿”“饮食”“公共交通 ”等方面的内容，也有关于“色情文化”的内容。我想快点读到这里，所以育儿的部分翻得很快。

虽然说是翻译，但客户却并不要求逐字逐句地翻，而是希望我翻译概要。这工作看似简单，但却出乎意料地耗时。

我的委托人是东京一所大学的教授，研究欧洲国家社会主义时期的日常生活。他精通俄语、波兰语、捷克语等斯拉夫语族的语言，甚至能读懂匈牙利语，但唯独不擅长德语，读起来很花时间，但又因为他实在想先了解东德的情况再写书，所以就委托了我翻译。

最近有人说，因为有了很强的翻译软件，所以已经不需要译者了，但翻译软件也有不少弱点。比方说，一个词语的意思，是会随着时间的推移而发生改变的，但软件无法结合上下文来理解这一点。

因为世界上没有多少社会主义国家的气候有利于种植咖啡，所以在东德，咖啡是很难买到的。因此，书里写道，生活在西德的人在拜访东德的亲戚时，会带上Bohnenkaffee作为伴手礼。这里的Bohnenkaffee，不是用小麦或一种叫作苦苣的蔬菜制成的咖啡替代品，而是用咖啡豆制成的咖啡。

光看单词的话，Bohnen是豆，Kaffee是咖啡，翻译软件会翻译成“咖啡豆”。但真正的咖啡豆不叫Bohnenkaffee，而是Kaffeebohnen。似乎是因为“豆咖啡”不是个词儿，所以翻译软件就随意杜撰了。

如果让翻译软件翻译，它会翻出这样的句子：“西德的亲戚带了咖啡豆作为伴手礼。”意思是带的是咖啡豆，而不是磨好的咖啡粉。

但一个没有咖啡的国家，不可能有研磨咖啡豆的机器，带完整的咖啡豆去不现实。这句话的意思是，带去的是用真咖啡豆磨成的咖啡粉。若不了解那段历史，不明白强调用真咖啡豆磨粉的必要性，翻译就很容易搞错。

在这个层面，纸质的词典是最好的。和人一样，字典也有老、中、青之分，且各有优势。所以我有时会不厌其烦地去到图书馆查阅老词典。在十九世纪词典的重印本里，Bohnenkaffee这个词还没有被收录，再翻现代的词典，Bohnenkaffee这个词又已经消失。只有在1960年编纂的词典里，有对此词语明确的解释。这似乎是一个无论是八十岁的受过教育的文化人，还是二十岁的年轻人都不认识，只有五十岁左右的一代人知道的词。字典解释说，Bohnenkaffee的意思是：不含苦苣等成分的咖啡粉。

顺带一提，超市里的咖啡豆在包装上也标明了豆子是否磨碎。在未磨粉的咖啡豆的包装袋上，会有ganze Bohne的字样，意思是“完整原豆”，但某个翻译软件却翻译成了“全体豆子”。再用另一个翻译软件翻译时，又变成了“豆豆”。两者都翻译错了，但错的方式都很独特，也很可爱。

第二次见到M先生是在附近的一家咖啡馆。我本来是在家里做翻译，但做着做着就会因为脑子里堆满了词语的残渣而无法集中精力。这种时候，换地方往往就能让头脑清醒，让注意力重新集中，所以我便将电脑和笔记本放进包里，去到了一家叫“凯斯特纳[1]”的咖啡店。

刚进店门，稳坐在房间深处的一个男人抬起头来。是M先生。我刚想打招呼，却想起自己压根不知道对方的姓名，只知道是M开头的。M先生看着我的脸，友好地说道：

“您好，您也来这家店避难了呢。”

他想要站起身来，但仿佛是被疼痛踩下了刹车，站到一半就停住了。我急忙伸出双手跑到他跟前：

“您坐着就可以了。我可以和您同桌吗？”

只见M先生慢慢地把刚刚抬起的臀部小心翼翼地落回了坐垫上。

1 该店名可能取自德国著名儿童文学家、小说家、剧作家埃里希·凯斯特纳（1899—1974），代表作为《会飞的教室》。

“请坐在这边，您已经点过喝的了吗？”

他的声音平静，仿佛疼痛并不存在。在柜台的另一侧，一位面容清秀的男子正在擦拭卡布奇诺的咖啡机。没有其他的工作人员，在简单看过满满罗列着品名的饮料单之后，我点了一杯阿育吠陀养生茶。明明出来是想要喝咖啡的，不知不觉就走偏了。

“做好我会叫您的，请在座位上等待。”店长一脸冷淡地说。

这个戴着黑框眼镜，穿着藏青色的高领毛衣的男人，比起做咖啡店的老板，更适合经营二手书店。

我回到M先生的旁边，坐在他的正对面。与其说“坐在”，说“落进”或许更为准确。因为沙发的弹簧松了，我的屁股比预想中陷得更深，甚至感觉到了地板的坚硬。我抬起头，从低处看向耸立在桌子的另一边的M先生的脸，他那张布满皱纹、面带微笑的脸像极了另一个人。是杜甫。当然，我从来没见过杜甫，但一幅在中国文学课本上看到过的插图却深深烙印在我的记忆中。

“坐那么矮一定很不舒服吧？”

“不会。就像仰望伟大诗人杜甫一样。感觉很好。”

“杜甫？好像是中国古代诗人吧？”

“是的。”

“那我很荣幸。在我出生的东普鲁士，有些德国人生来就带着一点东亚人的神态。”

这我还是头一回听说。如今，东普鲁士的大部分地区已经成为波兰的领土，但是在过去，有很多德国移民在那里生活。

M先生以为我不知道东普鲁士是什么，于是开始解释：“东普鲁士就是……”

我打断他的话：“我知道。就是现在的波兰吧。”

M先生深深地点了点头。

“不只是波兰，还有像柯尼斯堡[1]这样的，如今已经成为俄罗斯领土的城市，也包括立陶宛的一些地区。”他认真地纠正道。

我虽然觉得这又不是上历史课，没必要讲得这么详细，但对于历史创伤的亲历者来说，任何一毫米的谬误都是疼痛的。

“德国是什么时候开始东向移民[2]的？”

“据说是在九百年前。”

1 即俄罗斯的加里宁格勒。

2 也称“日耳曼东扩”，是指中世纪神圣罗马帝国内的日耳曼人向中欧和东欧迁徙、定居的过程。

还真是很久以前的事了，大概相当于平安时代。如果在平安时代，有人离开了日本，移居到海外，并在移居的地区繁衍生息，那又会如何呢？我想象不出来。

“那亚洲人又是什么时候来到东普鲁士的呢？”

“匈奴人在四世纪前后时就已经来到欧洲。在日耳曼人和斯拉夫人尚未来到东普鲁士的时候，住在这里的似乎是一群神秘的叫作古普鲁士人的族群。因为没有留下任何与自身历史有关的文字记述，他们的文明笼罩在迷雾之中。不过，他们不是亚裔。好像没能回答您的提问啊。”说到这里，M先生笑了。

“不管怎么说，还挺勾人好奇心的呢。”

“其实，我的伴侣坚信自己就是古普鲁士人的后裔，总是一边旅行一边寻找着古普鲁士人的踪迹。”

在说到“伴侣”一词的时候，M先生使用了它阳性的形式，所以我想，他的伴侣应该是男的。

M先生望向我的包，问：“没有耽误您工作吧？”

“没有，”我撒谎道，“我是想要休息才来喝茶的。”接着我脱下了外套，将其盖在装有电脑和笔记本的包上，就好像要把它藏起来。

“您的工作在咖啡馆也能做吗？”

考虑到有些职业并不存在退休，我的提问用的是现在时。

“不是的，我以前是工程师，现在已经没有在工作了。年轻的时候，我有很多梦想，它们是将来时态，也是复数形式。我还曾经想过要着手改良农作物呢。”

“您对植物很感兴趣呢。您花园里的玫瑰也很漂亮。”

“其实比起花，我对薯类作物更感兴趣。因为生活所迫，我刚从东普鲁士搬到德国就开始在一片小田地里种菜。”

“刚……搬到德国”是个很有意思的说法。毕竟我自己也是刚刚才搬到这里。只是与移民或移居不同，搬家是轻巧的。

“战后有多少德国人从东欧搬迁到德国？”

“超过一千万。具体的数字我忘了。”

“虽然说是搬迁，但有没有因为文化的差异而感到困惑呢？就我来说，从日本搬到德国，是相当大的跳跃。”

“我叔叔告诉我，我们是德国人回到德国，但作为小孩，我无法理解他的话，因为我从来就不觉得德国在别的地方。小时候的我总是在想，回去，这到底是什么意思，难道我的出生地不是我的故乡吗？”

“您搬到了德国的什么地方？”

“巴伐利亚底下的农村。当地人用方言问我说，‘你是从哪国来的呀，波兰吗？’于是我也不懂了。究竟我是外国人，还是说这些人才是外国人。然后我问我的家人，这里到底是哪儿，但却越问越糊涂。姐姐说我们来到了一个天主教国家，姨妈说我们来到了巴伐利亚，舅舅说我们就在德国，我们的祖国。现在回想起来，最厉害的是我的表哥。他告诉我，我们生活在联邦共和国，这是一个由许多不同的民族所组成的国家，包括了巴伐利亚人、汉萨同盟的人，以及石勒苏益格地区的人等。来自不同地区的人们从此将生活在一起，这里是联邦共和国。”

原来如此，我想，只要觉得自己是生活在联邦共和国而不是德国，也就不会产生寄人篱下的屈辱感了。

“您小时候在家里说德语吗？”

“当然说。”

“也说波兰语吗？”

“不，我不会说波兰语。因为我周围的波兰人都说德语。”

M先生低头喝了一口咖啡，像是觉得不好意思。

“我曾认为波兰人学德语是一件理所当然的事。是德国人将文明带去了邻国波兰——我也不知不觉沾染了这种傲慢。直到上大学我才意识到这一点，并为此而感到羞耻。这也是我开始学习波兰语的原因。”

M先生用鼻子挤出一个滑稽的笑容。

“但我实在是不擅长学语言，连英语都说不好，更不要谈比英语还要难上十倍的波兰语。很快就学不动了。”

工程师在使用数字时理应精确，但M先生却动用了“十倍”一词去形容语言学习中无法计量的困难，突然间就显得孩子气十足。

从吧台那头传来了通知茶已经制作完成的声音，我从沙发上站了起来。已经很久没有从这么矮的位置起身过了，一只手无意中就撑在了扶手上。多亏小时候经常坐在榻榻米上看书和电视，一旦有事，我立刻就能站起来。

茶里泡的是藏红花，无论颜色还是香味都非常低调，几乎就是一杯热水。M先生望着我喝茶的脸说：

“您不光喝咖啡，也会喝茶呢。”

“两种我都喜欢。在德国，大多数人都是只喝茶，或者只喝咖啡吧。”

“喝了茶又喝咖啡，不会难受吗？就像喝了啤酒又喝葡萄酒一样。”

“不会难受。就跟喝完苹果汁再喝橙汁不会有事一个道理。我听说入口的食物的种类越丰富越好。”

“这是南国人的思维方式呢。在温暖的地方，水果和蔬菜的种类也更多。”

“但您在柏林也能买到各种水果和蔬菜啊。”

“现在的确是这样的。但人人都能买得起茄子、西葫芦和甜椒等蔬菜，不过是经济快速增长期之后的事。是意大利人和土耳其人将它们带到了这里。在那之前，德国蔬菜的种类可不像现在这么多。我是很早以前就开始自己种菜了。”

“战争刚刚结束时对吧？”

“我来到德国本土，是在战争快要结束的时候。舅舅一家带着我和姐姐来到了巴伐利亚地区，之后我们就分开了。我和姐姐被安置在一栋农舍的阁楼上，但屋主只当我们是麻烦。于是我们租下一块地，姐弟合力搭建起一间小屋。如果没有比我大八岁的姐姐，小屋是根本建不起来的。从那时起，姐姐就一直说她想成为一名建筑师。至于我，则是对植物和昆虫充满了兴趣，在种田的过程中得到了很多乐趣。”

"种土豆对吧?"

"不只是土豆，还有一种硬硬的黄色大头菜，富含营养，叫瑞典萝卜，您听说过这种东西吗?是它救了我一命，我还记得因为收获不到土豆而每天都吃大头菜的日子。"

"又是自建小屋，又是自耕田地，好厉害。没有人教也能做到吗?"

"做不到也必须做。重大的失败也是有的。因为屋顶没弄好，晚上下大雨时漏水了，我的床都湿透了，冷啊。"

M先生打了一个寒战，仿佛此时寒冷依然紧紧地包裹着身体。

"没有和父母在一起吗?"

"他们两个都死于战争期间的一场事故。"

我吞了口唾沫，M先生也陷入沉默。"事故"一词如坚硬的异物，无法被我的大脑吸收。

"您知道在第二次世界大战中，俄罗斯的死亡人数比其他任何一个国家都多吗?"M先生话锋一转，直截了当地说。

我心想，这不可能，一定是被投下原子弹的国家死亡人数更多。但又没有自信，于是沉默了。

“待会儿查查看吧。”M先生语气温和，眼尾挤出笑纹，“我说的您不信对不对？不轻信别人的话是好事，亲自核实是很重要的。我的记忆经常出错，但对这个数字很有信心。因为对我来说，它并不是一个无所谓的数字。”

我感到脖子很僵硬，于是像摇头娃娃似的左右摆了摆头，M先生好像模仿我似的也摇了摇头。我想更多地了解他之前提到的姐姐的情况。

“您有一个姐姐对吧。真是个早熟的女孩，竟然会想到修自己的房子住。”

“那个时代不允许人做小孩。因为政府的政策，农民必须接收像我们这样的人。虽说大多数农家都有充足的空间和食物，但不是所有人都愿意对一个他们不认识的孩子伸出援手。我们被当成麻烦。比起寄居在阁楼里，无论环境有多简陋，我们都更愿意住在自己的房子里。但我们付不起房租，并且首先空房子也是没有的。当姐姐提出要盖自己的房子的时候，我开心得手舞足蹈，拍手叫好。现在回想起来，对我来说，姐姐好像扮演了父亲的角色。”

M先生的姐姐就是在这一时期发现了修建房屋的乐趣，后来进入了柏林工业大学学习建筑。当时女性建筑师似乎很罕见。

“您知道尼可拉·迈恩芬德吧?”

“不知道。”

“不会吧，她经常被报纸和杂志报道的啊。”M先生遗憾地说道。

介绍自己的名字的时候，他的发音那么含糊不清，低不可闻。可说到姐姐的名字时，却将音节一个个清晰地摆在了银盘上，端到了我的鼻子底下来。这么说来，M先生的姓氏也是迈恩芬德?不，还是不要想当然。说不定迈恩芬德只是他姐姐作为建筑师使用的名号，也说不定是她婚后改的夫姓。

如果别人问我叫什么，我会说我叫“美砂”，但这只是因为我在翻译时会使用“高津目美砂”的笔名，护照上则印着完全不同的名字。虽然我做的翻译并不会让我的名字出现在一本书的封面上，但如果有人记住了我的名字，工作机会就会增加。随着我在日常生活中越来越多地使用“高津目美砂”这个名字，我总觉得它已经变得比我的真名更顺口了。

“您真的一次都没有听说过尼可拉·迈恩芬德这个名字吗?”

M先生一向很矜持，可一旦说起姐姐的话题，就积极地推销起来。我绞尽脑汁地想着要如何从眼下的这种状况里脱身。

“我对建筑一窍不通，连那些家喻户晓的著名建筑师都不认识，我的朋友们老是拿这个开我玩笑。”

“那您知道丹尼尔·里伯斯金吗？”

“知道。”

“那安藤忠雄呢？”

“知道。”

“伦佐·皮亚诺呢？”

“知道。但我知道他纯属巧合。”

“世上真有什么巧合吗？”

“没有，我想。”

我们四目相对，同时笑了起来。

“尼可拉·迈恩芬德的建筑师生涯是从战后的废墟中开始的。她在废墟里搜集建材，同时也回收与保存那些破碎的记忆。”

“但现在德国已经没有废墟了吧，难道她又去了国外的战乱地区？”

“的确，她曾经在叙利亚做过项目，但主要业务还是在德国。德国还是有废墟的，比如医院、工厂等，因为没有人组织改建和再利用，已经荒废了数十年。

时间一长，窗户就破了，风雨侵蚀进去，里边的墙面逐渐剥脱，梁柱也腐坏了。”

“这种废弃建筑里的东西可以擅自利用吗？”

“不行。就算是废墟里无人问津的木材和砖块，也需要花高价回收，有时甚至比购买新的材料还要贵。”

“那她这么做，为的就不是节省成本了。”

“恰恰相反。讽刺的是，我姐姐的许多客户是南部的富人。他们一旦决定在室内装修中使用柏林废墟里的原材料，就会毫不犹豫地花重金购买。”

我很想问问M先生的姐姐住在什么样的房子里，但还是克制住了，因为担心得到的答案会是，她已经不在人世了。我之所以会产生这样一种直觉，或许是因为，M先生一直在用过去时讲述。

我歇了口气，把身体靠在沙发的靠背上环顾四周。这间咖啡馆的家具，看起来似乎也是用废旧的材料做成的。覆盖在椅子上的天鹅绒已经磨损，靠背的木头上也满是划痕。绿色沙发褪色并起毛，桌子表面还有涂鸦。

“差不多该回去了吧。”

我闻言，看了看手表，才发现我们已经聊了将近两个小时。

自那以后，我和M先生有一阵子没再见面，但那天他却突然来找我，说有事需要我帮忙。邻里之间的帮忙，最常见的就是离家度假时帮忙浇花；又或是有人要来抄煤气表，而那天他们又不在家，所以希望你帮忙开门把人放进去。对我来说，最常见的是请我帮忙认汉字。

有一次我去街边一家书店买书，站在收银台后头看起来像是店主的男人突然对我说，他家里有一幅卷轴，是他父亲1990年代从中国买来的纪念品，他希望我把上头的题诗翻译成德语。店主的父亲最近去世了，享年九十五岁，店主说自己突然很想知道写在作为遗物的卷轴上面的文字究竟是什么意思。

我轻描淡写地答应了下来。虽然我不会说中文，但高中时曾经上过汉文课，所以说不定能读懂。我让他把卷轴的照片用电子邮件发给我。然而刚一收到邮件，我就想起来，虽说我很喜欢上汉文课，但成绩却并不怎么好，并且自打我离开高中，就压根没有再学过汉文。但不管怎么说，比起这位只当汉字是蜒蚰的书店店主，我的汉文水平还算是不错的，我一边鼓励自己，一边打开了附件。很幸运，名句“国破山河在”撞入了我的眼帘。不论水平高低，至少翻译成德语我是没问题的。

第二行的“城春草木深”我也大致翻译了出来。第三行“感时花溅泪”里的“溅”字我不认识，于是就查了《岩波汉语词典》，发现是“水受冲击飞射，回落”的意思。于是我将其翻译为“因时间的流逝而感伤，泪垂落在花瓣上”。

但“时”这个字，是否指时间的流逝，“感”这个字又是指意识层面的认知，还是指心灵层面的感动，我并不清楚。

越是想到这些，我就越是失去信心，只能翻字典，连同那些我自以为了如指掌的汉字也查了。我真的知道“感”是什么意思吗？还是说，我只是在习惯性地使用它的惯用法？说不定“泪”字也有我所不知道的含义？

这首中国古诗，我越是读下去，就越是感到寸步难行。我试着把第四行“恨别鸟惊心”翻译成“含恨告别的鸟就像震悚的心”，但是会因为和鸟的分别而感到悲伤的，大概就只有民间传说《仙鹤报恩》里的主人公吧。于是我又试着把这句话翻译为“为离别而怅恨之时，鸟儿振翅的声音让人心惊”。确实，人在害怕什么的时候，是有可能会被细微的声音给吓到的，但我还从没听说过满心怅恨的人会对声音敏感。

比方说，有一个年轻的单身上班族，他因为工作调动而被迫与女友分居，因为他如果拒绝调职，就会被解雇，或者会断送前程。他非常痛苦，怨恨着这样的命运，甚至说不定还怨恨着公司，怨恨着老板。周日时他待在家里发愁，但这也只是徒增烦恼罢了，于是就来到了附近的自然公园，他看见水鸟浮在池里。忽然间，水鸟就像想起了什么似的，挥动着翅膀飞走了。就是这个，我自顾自地确信了，将其翻译为“沉浸在苦闷之中的我，听到鸟儿突然拍打翅膀的声音时回过神来，意识到离别的痛苦”。我给书店发去了邮件，附上了“翻译可能有误”的声明。书店老板非常开心，一再向我表示感谢。

就像这样，因为时不时就会有德国人来问我汉字的含义，所以M先生可能也是有一幅写有汉字的挂轴或者其他什么东西，想让我帮忙翻译。在他告诉我他有事相求的时候，我就是这么想的，但是因为正赶着要出门，所以就没来得及问清楚。自那以后我们就再也没有碰过面，使得这件事莫名牵动着我的心。

每次出门，我都会不经意地朝M先生的花园里瞟上一眼，花园里没有人的踪迹，只有深红色的玫瑰带着圆圆的露珠静静绽放。秋意渐深，但玫瑰却没有凋谢的迹象。

要是打电话过去，问他到底是想要我帮什么忙，也有点怪。而且话说回来，他根本没给过我他的电话号码。接着我又意识到，我那天对M先生说，回头请给我打电话。我真不该那么说，因为那句话可能会让他觉得我不欢迎他登门拜访。

我们好久没见面了，与其这样被好奇心徐徐扼住咽喉，还不如忍受一时的尴尬，于是我横下心来，按下了M家的门铃。门铃的声响听起来就像汉语的“辞林辞林”。我等了一会儿，屋内一直静悄悄的。我想起苏茜曾经告诉过我：“按两次门铃是不礼貌的，除非你是快递员。”于是我没再按第二次门铃。再仔细一看，明明是大白天，窗内却拉着窗帘。M先生可能是去旅行了。

M先生来找我帮忙那天，我急着出门是因为宝拉打电话让我马上赶去，说是有个已经不年轻的，似乎是日本人的女人爬上了她家门前的一棵树。女人坐在高高的树枝上，叫她也没反应。宝拉当时已经报了警，希望我在警察来之前劝住那女人，让她不要乱动，等待救援。宝拉的话叫人难以置信，但又无法置之不理。去宝拉家坐公交车会比打车或者电话叫车更快。那天刚下公交，宝拉和她的男朋友罗伯特就看到了我，立刻迎了上来。

“她听不懂德语。我试着说了英语和西班牙语，没有反应。你能试着用日语跟她对话吗？告诉她不要乱动，救援马上就到了。”

我顺着宝拉手指的方向望去，一个七十岁上下的妇女，穿着藏青色袍子和白色运动鞋，骑在一根粗壮树枝上。树枝很高，女人惬意地望着天空。她的身材清瘦，肌肉发达，可以肯定的是，她的运动能力比我强得多。

“救援的人马上就到了，请待在那里不要动。”

我用日语朝她喊道，虽然把手围在嘴边作喇叭状，但声音还是很小。望着天空的女人突然低下了头，她发现了我，不停地眨着眼睛。

“救援？有人受伤了吗？”她用日语反问道，声音和表情都很安定。

我挤出一个从容的笑，小心翼翼地斟酌着用词：“爬树不容易，从树上下来也很难吧。”

“没错，上树和下树所需要的是完全不同的技能。但是没学会下树就朝上爬的大概就只有小猫了吧。别看我这样，我也是个舞蹈演员，上下光溜溜的树这点事，还是做得到的。”

说罢，女人一个翻身，考拉似的用四肢攀住树干，有节奏地“噌、噌、噌”爬下了树。宝拉和罗伯特数次发出不成调的惊叹。

“六十多岁的时候，我的德语还不错。但现在却连孙子们在说什么都经常听不懂了。不知道为什么，德语从我的脑子里消失了，现在我只听得懂日语。这到底是怎么回事呢？丈夫和儿子都不会说日语，我待在家里也只觉得无聊，只好就这样一个人出来玩。”

听着她说话，我大气不敢出，只能默默点头任她讲。宝拉正在和不知道是消防队还是警察局的人联系，通知他们不用来救援了。

我真应该在那时问问那位舞蹈家的名字。“那么，就这样。再见吧。”她向我们告别，蝴蝶似的挥动手掌，哼着小曲，踏着轻快的步子离开了，全身上下洋溢着一个还没玩够的少女的气息。

一天，我的门铃响了起来。我以为是M先生，打开门，却看到宝拉和罗伯特站在外头。突然间，罗伯特拿出一只小袋子以及一块大面包递给我，与此同时，宝拉也开口说道：

“祝你的人生新篇章幸福美满。这是乔迁礼物，虽然迟到了很久。”

对了。德国有一种风俗，是要给搬新家的人带去盐和面包。盐装在一只护身符似的小麻布袋里。面包则裹在布巾里，像蜷缩的猫，暖暖的。

“恭喜你搬进新家！要幸福哟！”

“搬家也值得庆祝吗？我只希望在新家里不要发生不幸就可以了。”

“你还真是消极呢。搬家当然值得庆祝！因为你就要开始新的生活了。”

我确实挺消极的，总是想着“只要不出事”或者“只要不犯错就好了”，所以在听到在新家“要幸福哟”这样的祝福时，没能在第一时间理解其含义。

我是在大学的研讨课上认识宝拉和罗伯特的。虽说如今的我已经放弃了学业，但他们俩却依然在一边打工一边上大学。

我们是在一门名叫“德国文学里的拉丁美洲”的研讨课上认识的。我从来没有向他们坦白过我参加该研讨课的真正理由。当时的我完全不知道还有德国作家以拉丁美洲为背景写小说，对拉丁美洲本身也没有兴趣，只是因为其他课程全都满员了，才报名了这个直到最后也没有满员的研讨课。为研讨课拟定主题的，是一位享誉国际的教授，但对于那些想要尽早毕业的学生来说，这个主题大约是显得有些特殊，也有些麻烦了。德国文学入门，应该读歌德或者卡夫卡，但这门课程所涉及的许多作家我却连听都没听过，在我的脑子里，连接德国和南美的航道还没有开辟。

但与我不同的是，宝拉的父亲是玻利维亚人，罗伯特的母亲则是阿根廷人，从第一堂课起，他们就积极发言，似乎很高兴能参加这门研讨课。我耻于自己的无知，课间休息时总是低头不与人交谈，但宝拉和罗伯特却主动找我聊天。他们似乎以为我这个来自遥远东亚的人对南美感兴趣，这个小误会让他们感到很开心，但让我更想找个洞钻进去。

不过，“假戏真做”的情况也是有的。因为参与这门研讨课，我打开了心中的一扇门。当我听到教授说“读大学是冒险，是在不确定目的地是否存在的情况下出海航行”的时候，我明白了，原来搭上德国的船，去往从未计划前往的南美，也是一种幸福。

宝拉和罗伯特邀请我去学生食堂，听着他们讲南美的故事，后来我的梦里也出现了南美的风景。我梦到自己在玻利维亚，穿越平原，朝着有着圆形山顶的、酷似富士山的山峰走去。我梦到自己在布宜诺斯艾利斯，出神地眺望着在夜晚的广场上跳舞的人群，怀着“说不定我也能跳舞”的念头心跳加速。虽然说我还从来没有真的去过美洲大陆。

在我退学之后仍然没有忘记我的人，就只有宝拉和罗伯特了。他们以充满好奇的眼光打量着我的新家，宝拉说道：

“租下一整栋房子，真够奢侈的。”

“因为我算是在帮房主看家，所以租金很便宜。但仅限他出国的这几年。”

“那几年过后就必须离开？”宝拉有些担心地问道。

“对。不过没关系。毕竟几年之后的事谁都说不准。”

听到这话，宝拉的脸色一沉，我感到有些后悔。

宝拉和罗伯特年纪比我轻，但已经计划着生小孩和组建家庭了。“未来的事谁也说不准”对我来说是一种宽慰，但对他俩来说正相反，他们希望的是过上说得准未来的生活。

两个人环视房间，好奇地爬上狭窄的楼梯。二楼只有床、空书架、空衣柜以及堆积的纸箱。还没有贴海报，甚至连灯也没有放。

“没有多余的东西，真好。”

“不过很遗憾，一年之后这里就会堆满垃圾。”

从窗户望出去，可以看见邻居家的砖墙。

“邻居也是这种可爱的房子呢，里面住的是什么人？”

“是个老人，但说起话来很有趣。”

我怔了一下，在同M先生聊天时，我从来没想到过“老人”这个词，但在被问及M先生是个什么样的人的时候，“老人”一词竟脱口而出了。我很轻易地就说出了“老人”这个词，但要是有人叫我“老人”，无论我多大年纪，都会感到不太舒服吧。

回到一楼之后，我煮起了咖啡，但他俩却并没有坐下，而是在房子里四处参观，环顾着屋内的物品。宝拉的声音响起来：

“你家机器的寿命很长呢。”

她似乎是在说CD机。那台机器确实很老了，在大家都用手机下载音乐来听的今天，用CD听歌已经过时了。但我舍不得丢掉它是有原因的。

喝完咖啡，宝拉和罗伯特站起来，说要去看一部讲述奥地利作家流亡巴西的电影。他俩都有来自南美的祖先，所以有着共同的兴趣。而我却找不到任何一个与我兴趣相同的人。

两人离开以后，新家显得异常安静。我突然想听点音乐，于是在不知道CD机里装着什么唱片的情况下按下了开关。在等待音乐响起的这段时间里，我习惯性地把左手按在靠左的音响上，将身体放松，把目光落在地板上。这个姿势是多年来的习惯了，但最近这台CD机有些老化，启动速度很慢，所以我保持这一姿势的时间也变长了。等待的时间让人有些激动，终于，在等得有些不耐烦的时候，音乐在房间里流淌开了，这感觉真是美妙极了。

是巴西音乐。搬家打包时听的CD还留在机器里。旋律洒落，如同春天的小雨，我踱着步子，像在跳舞。音符像雨滴一样击打脚边的土地，又温暖地渗透进去，然后慢慢地蒸发。我看着空气中闪烁的露珠，像马拉松选手似的摆动着手臂。

一曲终了，我突然想听点抒情乐，于是按下开关想要取出CD，但CD机却没有反应，或许是搬家搬得它累了，看上去年纪也越来越大了。于是我拔掉电源，然后再次接通，却依然没有反应。我耐心地等待着，终于，伴随着嘈杂的声响，机器通电了。尽管显得很幼稚，但我却忍不住对着机器开口抱怨道：

“你最近也老了啊。”

机器立即回应道：

“哎哟，你莫这么说嘛。”

这台机器偶尔会开口说话。因为它是我在松下工作的熟人携全家返回大阪时留给我的，所以会用一种类似于关西腔的语调说话。但说是关西腔，其实也只是缠绕在我记忆中的语言的残响罢了，真正的关西人听完之后一定会说：那才不是大阪话呢。它不仅不是大阪话，还是一种在关西任何地方都不存在的口音。

有一段时间我做翻译工作，每周都要往返汉堡，那家人经常邀请我共进晚餐。我还记得在把CD机送给我的时候，他们说了：“这款机器的机型虽然很老了，但性能还很好，并且一点也没坏，如果你不嫌弃，就请拿去用吧。”

“每一台降生于世的机器都应该得到珍惜和善用。”

真是太好笑了。我极力克制住笑意，故意用戏弄的语气答道：

“Bose牌的CD机最近很火，你知道吗？机身体积特别小。”

“Bose又怎么样，没意思。”

“它的扬声器是内置的，但音质却比大音箱更好。好像是麻省理工学院开发出来的新技术。我好想买一个。”

机器似乎也有情感，旧CD机激动地反驳道：

“有了新来的和尚念经，就要把我丢了是吧！新来的和尚不一定会念经！[1]”

“不是和尚，是Bose，拼写是B、O、S、E。”

“哟，洋名就厉害了？把还能用的机器当垃圾处理，你还有没有心啊？有吗？”

被机器质问有没有心，看起来这台CD机应该一时半会儿扔不掉了。

不是所有的机器都会说话。冰箱，有时会叽里咕

1 Bose的发音和日语“和尚（坊主）”相似。

噜地自言自语，听起来像是丹麦语，但我听不懂，所以就算了。电视机，自搬家以来一次也没打开过，所以它沉默着，将影像存储于腹中。自行车不是家电，所以不会说话。但要是它能开口，应该早就催我去自行车行修补爆胎的前轮了吧。

那天没有风，天空看上去很寂寥。高空有一些薄薄的云层，颜色很明亮，没有要落雨的意思。我推着前轮彻底瘪掉的自行车，走向一家之前留意过的自行车行。店前陈列着设计精巧的自行车，价格高昂，跟日本飞德国的机票价格相当，让人望而却步。而我的自行车是在弗莱堡买的二手货，看起来破旧不堪，我甚至不好意思把它推进店里。

因为不想被店员投以鄙夷的眼光，我打算走，才刚刚朝右转身，店员就走了出来。他的发型酷似纹颈冠蜂鸟——这种鸟栖息在巴西，仅雄性头顶长着一撮惹眼得几乎有些滑稽好笑的冠毛。罗伯特很懂鸟，曾经给我看过这种鸟的照片。说起来，就是因为他那天穿着亮眼的橙色衬衫，而宝拉只穿了灰绿色的连衣裙，我们才会聊起热爱打扮的雄鸟的话题。

这家店实在太有格调了，我本来打算另寻它处，但对上了店员的目光。现在我逃不掉了。

“请问，前轮爆胎能补吗?”我的声音比平时更小了。

住在弗莱堡时，我总是自己补胎。先买补胎用的工具包，差不多是一斤面包的钱，然后往桶里灌水，再把车胎浸入水桶确定漏气点，再将胶片剪成圆形，粘上，然后用锤子敲打，挤出多余的空气，粘牢。但现在觉得太麻烦了，不如花点钱让别人修。可纹颈冠蜂鸟店员却一副鸟样，面无表情地说道：

“我们现在不做爆胎的修理，请您买新的轮胎。”

差一点，我就要把“太浪费了”给喊出口了，但碍于没想到对应的德语表达，只能竭力保持冷静。问过价格，我得到了一个与歌剧门票相当的数字。不是最好的S席，不是次好的A席，但也不是便宜的站票。破个小洞就要换新胎，我不能接受这种做法。地球本来都已经快变成垃圾堆了，燃烧旧胎就会释放有毒气体，生产新胎就会浪费电力，实在是太不负责任了。早知如此，我就应该在弗莱堡一次性地买下够用一辈子的补胎工具包。

“新轮胎就算在地狱的针山上跑，应该也不会漏气吧。”我忍不住出言讽刺。

“那当然。请您把自行车推到院子里去。”店员面无表情地说道，扶着大门指了指院子。我没搞错吧，他竟然不帮我推车？难道让客人自己推车就是这家店的规矩吗？还是说，他是在报复我先前的讽刺？

店里到处都是色彩鲜艳的头盔和包包。透过玻璃门，我看到后院里停放着好几辆自行车，一个身穿工作服的年轻工人正和一个老年男子亲密地靠在一起聊天。我停好自行车，又从纹颈冠蜂鸟那里接过取车凭证。就在这时，那个同年轻人聊天的老男人抬起头来，我惊叫出声。是M先生。

“真巧啊，您怎么在这里？”M先生问道，朝我走近了几步。

“我的车爆胎了。刚搬过来还不知道别的自行车店，所以就来这儿了。”我回答。就好像自己有义务为选择这家店做出解释似的。

“介绍一下，这位是哈桑。这位是美砂。”

哈桑凑近了一点，朝我伸出手来。这是一个十八岁左右的年轻人，穿着工作服，所以大概是在这家店里工作的。他有着卷曲的黑发和黝黑的皮肤。M先生轻触他的手臂以示告别，接着又转向我：

“您走路回家吗？我们一起吧。”

纹颈冠蜂鸟在店内密切地关注着我们的一举一动。我觉得自己是在打扰M先生，想要拒绝，但又按捺不住好奇心，想着如果一起回家，他可能就会告诉我那天他究竟想让我帮什么忙。M先生已经快步走了起来，我紧随其后，离开了自行车店。

“我在给哈桑做顾问，我还从没想过自己能做这种事呢。”

“顾问？具体都做些什么？”

“哈桑还未成年，他一个人从阿富汗逃出来，虽然找到了工作和住处，但仍然面临很多困难，所以我每周都会和他见面聊聊。前段时间我去旅行了，没能赴约，今天是特地来向他道歉的。”

“旅行？您去哪儿了？东普鲁士吗？”

我半开玩笑地提到了“东普鲁士”这个已经不复存在的地名。M先生面无表情地纠正了我。

“我去波兰了。不过先不提那个了，我还是想谈谈之前跟您提到过的那件事。”

这一刻终于到了。我屏住了呼吸。

“您知道市图书馆吗？”

“不知道，我还没去过呢。但我特别喜欢书，所以想尽快去看看。如果有您想借的书，我可以帮您借回来。”

“我不是那个意思。在市图书馆的背面，有一块写着中国字的招牌。”

“您想让我帮您翻译那块招牌？”

“也不是。我能看懂它什么意思，毕竟那旁边附有德语翻译。其实是我的一个好朋友，他特别喜欢那个地方，每周都去，还经常和我聊起。所以我一直想和他一起去看看，但是他最近搬到慕尼黑去了。我没勇气一个人去，所以想问问您，能不能陪我去。”

“一个人去会很危险？”

“不是，不危险，只是我对那个地方一窍不通，所以有点不安。”

“啊，难道是治腰痛的中国针灸医生？针灸是不疼的哟。”

“不是针灸。但有点接近了。”

“接近了？”

“是太极拳。”

像是从意料之外的方向飞来了一颗慢球，我轻轻举起双手，愣愣地站在那里。

“您讨厌太极拳？”

“不是，我完全不讨厌太极拳，我只是从来没考虑过自己会不会喜欢它。”

“那么您现在考虑一下？”

“好像会喜欢。”

“那您会跟我一起去吗？”

“请让我考虑一下。”

“好，您可以慢慢考虑，我不着急。您的工作也很忙吧？”

“没有，翻译委托其实还好。不过我出于兴趣正在译一些文学作品，倒是成天忙它们了。”

“您出于兴趣翻译的是哪部文学作品呢？”

“正打算译克莱斯特的短篇小说。”

“《洛迦诺的女乞丐》吗？”

他一语中的。

“您怎么知道的？”

“唔……感觉吧。那您有克莱斯特全集吗？”

“没有。”

“那我借给您吧。”

一想到M先生可能会因为扛着小山一样重的全集而闪到腰，我忙想拒绝他的好意。但已经走到了他家门前，M先生敏捷地溜进了屋子里。

我在门口等待，M先生出来了，手里只拿了一本书。再仔细一看，原来是两本平装书装在一个函套里。

他说全集，我还以为得有二十卷左右呢，对于克莱斯特，我实在是知之甚少。

“要不要进来喝杯咖啡？”

“不用，今天要回去了。”

“那就请您考虑一下太极拳的事。我把书借给您，算是做个交易。”

用太极拳来交换克莱斯特，还真是桩奇怪的交易。

回到家，我径直走向书桌，从函套里抽出两本书随手翻起来。肖像画上的克莱斯特头发稀疏，脸型瘦长，像是一个体弱多病的孩子。克莱斯特出生于1777年，光看数字，许多7连在一起，似乎预示着某种幸运，但他却在三十四岁时自杀了。这两本书收录了克莱斯特所创作的全部小说、戏剧和书信。纸张和字典一样薄，每一页都密密麻麻地排着字，每本都超过一千页。

我在目录里查找《洛迦诺的女乞丐》，忽然看见一篇题为《圣多明各的婚约》的短篇小说。这是我在大学参加“德国文学里的拉丁美洲”研讨课时读过的小说。我想起热烈讨论时宝拉和罗伯特涨得通红的面容。

克莱斯特的《圣多明各的婚约》，我记得，讲的是黑奴在海地发动起义反抗法国殖民者，男主角则是起义运动的领袖。研讨课上，有人觉得克莱斯特描写的是争取人权的斗争，有人则将其视为单纯的暴力事件。双方意见激烈碰撞，争执不下。我还记得宝拉激动地说："他把黑人描写成非理性的，全凭冲动行动的存在。"她的双眼因为愤怒而湿润，讨论也自此进入了白热化的阶段。一个女生反驳道："克莱斯特的其他小说里也有冲动行事的白人，比方说《米歇尔·科尔哈斯》，所以不能说他歧视黑人。"这个女孩的父亲是建筑师，她的金发漂亮地拢到脑后，但她的名字我给忘了。另一位来自美国的留学生则反驳道："克莱斯特没有白人这个概念，他只是作为一个普鲁士人在写瑞士人。"他的德语口音浓重，讲话却气势十足。我为自己无法拿出明确的观点而深感懊恼。

《洛迦诺的女乞丐》确实是一部很短的作品，加上小而密的印刷，只占去三页的篇幅。我立刻着手进行翻译。

很多人或许会选择先通读一遍全文再进行翻译，但我却习惯了边读边译，在没有竖格的白纸上用铅笔写下初稿，像画家画素描似的，一边试探着，一边用线条捕捉细部的轮廓，并期待更广阔的风景会从交错的线条间显现。每当铅笔在纸的纤维上停留，笔迹逐渐加深时，我都会感到一丝兴奋，笔力也随之加重。

“在阿尔卑斯山的脚下，意大利北部的洛迦诺城附近，有一座侯爵的城堡。从圣哥特哈德方向走来，将会看见它矗立在废墟和瓦砾之中。”

这段话读起来总是有点拗口。我琢磨着，说不定把“从圣哥特哈德方向走来”放在开头会更好一些。于是就有了这段文字。

“从圣哥特哈德方向走来，将会在阿尔卑斯山的脚下，意大利北部的洛迦诺城附近的废墟和瓦砾中，看见一座侯爵的城堡。”

圣哥特哈德关隘位于德语区与意大利语区的分界处，如今已有隧道贯通。我记得，在穿出隧道时，窗外的景色会突然变化。那时我还住在弗莱堡，有位高中同学在米兰学做鞋，说如果我去玩，就为我提供住处。于是我便一个人坐火车去了。米兰的回忆既明亮又阴暗。阳光虽然灿烂，倾泻如注，可在那光线之中，却隐藏着某种恐怖。在寻找同学的住处时，我误入了一条无人的街道，被小混混用刀抵着抢了钱包。

回程时，火车钻进隧道，意大利耀眼的阳光也即刻消失无踪，钻出来后，虽然还是秋天，天却阴沉得像要下雪，我松了一口气。这隧道和前往新潟时必经的隧道很像。因为我在新潟有亲戚，所以经常乘坐上越段的新干线。

忽然间，我想起了穿着和服、坐在廊檐上的川端康成的照片。《雪国》的开头很自然："穿过县界长长的隧道"，但"从圣哥特哈德方向走来"却总觉得别扭，写成"在来自圣哥特哈德方向的旅人的眼前"也不太对劲。我叹了口气，离开了书桌。

我在房间里来回踱步，想象着洛迦诺城，以及那座瓦砾中破败的城堡。但如果破败得太厉害，侯爵也住不下去，所以大约还没有变成"国破山河在"式的废墟。我看过战后柏林满目疮痍的照片。然而春天一到，废墟之上，草木或许依旧毫不留情地茂盛生长。在春光的照耀下，一个额头上微微冒汗的孩子正忙着收集砖块，将烧焦的木材整齐排列，那便是年幼的M先生。这时，一个长腿瘦高的女孩走来，轻轻抚摸着M先生的头，她便是后来成为建筑师的尼可拉·迈恩芬德女士。

仿佛是为了驱散幻想，我用力地左右摇了摇头，继续读《洛迦诺的女乞丐》。

“城堡里有许多高大宽敞的房间，其中一间铺满了禾草，一个多病的老妇曾住在里面。她有次来门口行乞，女主人见她可怜，便收留了她。”

我尝试把这位老妇人想象成M先生的母亲。随即又否定了这个念头。不对，M先生的母亲是有家人的，而克莱斯特小说中的这个老妇人则无家可归，既没有钱，也没有人依靠，无力求医，还身患肺炎。有人出于怜悯，将她安置在房子的角落里。我猛然间感到，或许这个女人已经不想活了，随即又为自己的这个想法感到惊讶。因为实际上，这位老妇根本就没考虑过死。她已抛弃了羞耻，以乞讨为生，竭尽全力地维持着生命之火。天冷时，她会尽可能地靠近温暖之地。侯爵夫人施舍食物，她就拼命吃。她虽然是一位老妇人，但考虑到当时的平均寿命，大概也只有五十岁左右。放在今天，这正是考虑重启第二人生的年纪。

“侯爵狩猎归来，偶然走进这间他平时存放猎枪的房间，他命令老妇人让开，要她退到壁炉后面去。老妇人撑着拐杖站起身来，但由于地板太滑，她一下子摔倒了，腰骨严重受伤。尽管如此，她还是拼尽全力站起来，按照侯爵的吩咐穿过房间，勉强走到壁炉前。她深深地喘了口气，发出一声‘啊’的呻吟，接着便栽倒在地，一命呜呼了。”

我为洛迦诺的女乞丐在故事的开篇便突然死去而震惊，游魂似的地站起身来，穿上外套之后，才感觉身体又重新恢复了一点重量。心里稍微踏实了一些，便走出门去。游魂出门，应该是不会穿外套的吧。

冷风吹拂着我的脸和额头，很舒服。我自言自语：“去散步吧。”不知道要去哪儿的时候，我就告诉自己，我在散步，没有明确的目的地也没关系。

散步时，我喜欢抬头观察住宅楼的窗户。夕阳在玻璃上反射，所以看不见室内。二楼的窗户打开了，一个头上裹着毛巾的女人把脑袋伸出来看天。我继续走着。前方一栋楼沿街的窗户打开了，一个孩子探出半个身子喊道：“卢卡！”抱着滑板，走在我前面的男孩闻声回头，但只挥了挥手，并没有回到窗边——他朋友所在的地方。一辆汽车慢慢滑入车位，一个男人从车上下来，在裤缝上擦着手，然后打开后备厢，抱出一箱矿泉水。方向盘前摆着一只小熊玩偶。

“你一个人住吗？”住在弗莱堡的时候，经常有人这么问我。“不，我和我丈夫一起住。”我回答。这个时候，对方才会意识到我其实是个成年人。每次被问，我都感觉有点内疚。如果不是丈夫早濑要来弗莱堡留学，我是断然不会和他结婚的。我是个好奇心旺盛，并且极富冒险精神的人，从没真正想过要组建家庭，或者和某个人携手共度一生。我并不向往安稳的日子。要是早濑在大公司上班，需要我承担家庭的责任，扮演母亲的角色，而未来就像能够一眼望到头的画卷在眼前徐徐展开……那我可能早就逃得远远的了。但假如早濑是一个身无分文的冒险家，提出要一起去南美漫游几年，那我同样会拒绝。而他是一个大学讲师，家境殷实，拿着奖学金前往弗莱堡进修几年，提出要我同行，这对我来说，似乎是一场既安全而又方便的冒险。

从来没有人夸过我漂亮，撑死也就是说我和猿飞佐助[1]有几分神似。早濑也从来没有夸过我长得好，也没有夸过我性格好，但出于某种原因，他似乎是爱上了我，我便觉得总会有办法过下去。

然而，或许是因为来到了德国，又或许是因为结

1 日本战国时代传说故事中的真田十勇士之首，漫画《火影忍者》里的角色。

了婚，一到弗莱堡，我的长相就起了变化。一种独属于年轻女孩的欲望从我的眼睛、鼻子和嘴巴里迸发出来，叫我变得引人注目起来。我不怎么化妆，经常穿一件T恤配牛仔裤，但每次出门却总会有人前来搭讪。无论是在初中、高中还是大学，我一直都是不起眼的那个，所以这变化叫我很困惑。我越来越引人注目，不管是在城市里散步、被邀请去小型派对，还是参加学术会议，而另一边的早濑却像是在逐渐褪色。

在和陌生人交谈的时候，我总是直截了当地回应，满心好奇地探听对方的种种。尽管我的德语还不流利，但却能顺畅地展开对话。与我正相对的，是早濑的日渐沉默。在日本的时候，他是教授们的期望、学长们的宠儿、学弟学妹们的榜样，同时也是众多女性心中安全感的来源。然而自从来到德国，他就变成了被遗忘在剧场仓库一角的小道具，我甚至想不起它是哪出戏的道具。

有一次，早濑大学里的熟人邀请我们去参加花园派对。派对上什么样的人都有，有涂深绿色眼影的男子，有妆容夸张的寸头女子，有牵着五只狗的情侣，还有一位略显发福的中年男士，他的金发又细又长，披散在腰间。我四处张望，活像一个观光客。就在这时，一个身着紧身黑色衬衫，胸肌和腹肌十分发达的男子朝我走了过来。他的名字叫拉尔夫，自称电影导演，正在拍摄一部电影，他说他需要一个扮演东亚游客的群众演员，问我愿不愿意参演。见我有些犹豫不决，他便轻描淡写地表示自己还有其他备选，拒绝也无妨，随后便冷漠地转身离去。我于是在仓促之下表示了同意。

说是电影，但只是一部小成本的片子，除开我这个群演，就只有一个自称专业的男演员。摄影团队由四个人组成：拉尔夫、摄影师、录音师和助手。我扮演一个用手机拍摄弗莱堡大教堂照片的游客。接着，男主角登场了，他用英语问道："你带创可贴了吗？"但因为不知道创可贴在英语里怎么说，他只能说德语。东亚来的游客听不懂，疑惑地歪着头。男主角无奈地解开外套，露出了里面的T恤，以及被鲜血染得通红的腹部。然后我尖叫出声。这个情节似乎是对硬汉小说的戏仿，我抱着轻松的心情接下了这个角色。

终于到了拍摄的日子。我努力想要放松，可身体却绷得很紧。在朝着大教堂走的时候，我重重地摔了一跤，膝盖磕在地上，发出一声巨响。我趴在地上久久不能起身，周围人纷纷聚拢过来，好像有谁用手机叫了救护车。慌忙之中，我试图站起身，却只是重重地又摔了一次。

拉尔夫导演大概是认为这个偶得的镜头很有趣，立刻做出了要改变原有故事情节的决定。现在想想，他完全不关心我的伤势，只想着自己的电影。他以为现有的剧情太单调，一直在无意识地寻找新的变化。他从不怀疑自己的才能，即使创意平平，也相信命运定会给予他帮助，他认为好运也是才华的一部分。

现编的新剧情是，一位碰巧路过的外科医生搭救了摔倒的我，把我送去了他的医院。

我告诉医生自己最近总是摔跤，不知道为什么，他便请来自己在大学医院工作的同行为我检查。然后他们发现，这位由我所饰演的无名无姓的女主角其实患有会导致肌肉逐渐萎缩的绝症。我所出演的东亚游客就这样不幸地沦为了廉价悲剧的女主角。

我以为拉尔夫随心所欲地更改剧情，作为助手的贝尔特肯定很辛苦。他比拉尔夫高出十几厘米，行动像熊一样笨拙迟缓。但事实却是，无论拉尔夫提出多么无理的要求，戴眼镜的贝尔特都不会发脾气，他总是从容不迫，专注地听着拉尔夫的话，并尽力实现他的想法。拉尔夫像一个任性的孩子，而贝尔特则像他温和的长兄。

当拉尔夫忽然提出还需要一个真正的医生，并且希望在真实的诊疗室进行拍摄时，贝尔特没有抱怨，而是想起了自己一个做医生的老同学，他打了个电话，说自己需要借用诊疗室，并且如果可以的话，希望他能饰演医生一角。

当拉尔夫提到需要一辆轮椅时，贝尔特则冷静地联系了多家医疗器械店，虽然没找到愿意出借的店家，却找到了一个名为“轮椅俱乐部”的网站。打电话过去问，那边的回答是，他们欢迎所有想要了解轮椅的人，我和贝尔特便前去拜访。

轮椅使用者们聚在一起一边喝咖啡，一边闲聊，这就是“轮椅俱乐部”的雏形。之后，“轮椅俱乐部”逐渐发展，成员们可以在这里讨论喜欢的音乐和小说，分享最新的芦笋料理方法，交换车站无障碍设施建设进度，以及残障人士友好的咖啡馆的信息。再后来，有人邀请了一位认识的残奥会选手来这里办了座谈会。因为不想把信息局限在小圈子里，座谈会变成了公开讲座，活动越来越受欢迎，最终形成了名为“第六轮”的社团。

在德语里，多余之人又被叫作“第五只车轮”，意思是汽车有四只轮子就够了，第五只是多余的，又从这里引申出多余之人的含义。但要是有六只车轮，大车便可以在布满石子的荒野上行驶，事实上，也确实存在着六轮越野车。

我们拨通了“第六轮”的电话，接电话的是一个名叫苏茜的女人，她同意和我们见面。当贝尔特将电影几乎没有预算的事实和我们需要轮椅的请求告诉她的时候，苏茜两眼放光，兴奋地想要知道电影的情节。拉尔夫设计的情节在我看来属实尴尬得要命，但苏茜却听得很认真。最后，她同意了我们的请求，还表示会亲自乘坐轮椅来到拍摄现场演示操作。以此为契机，我和苏茜熟悉了起来。

操作轮椅远比我想象中困难。苏茜耐心地指导着我，可拉尔夫却烦躁难耐。他屡次出口伤人，骂我不够灵光、理解力差云云。我忍无可忍，以讽刺回击：

“工作时间还挺长的呢，我很期待你的报酬哟。”

我本以为戳到了他的痛处，没想到拉尔夫一点都不在意，反而笑嘻嘻地说：

“就是看你长得普通才选你的，本来就没打算付你报酬。报酬是付给专业女演员的。”

他的话里有刺。

然而在那一刻，我却并没有感受到生气，反而产生了一种面对这个人，我可以无需客气，想说什么就能说什么的解放感。有生以来第一次，我头上的紧箍松开了。

“我知道我自己长得一般，但你的剧本比一般还不如。”

一瞬间，拉尔夫显得惊慌失措，这句话似乎真的让他有些不好受了。

“这个剧本哪里不好了？”他生气地质问道。

“受伤的女人和拯救她的外科医生之间的爱情，你不觉得这种情节很老套吗？”

“呵，你还以为自己是浪漫爱情故事的女主角啊？外科医生一开始是同情你，但很快就会冷淡下来，把你卖给一个一百岁的大富翁。”

“哦，这样啊，那拜拜。游客我已经演完了，反正你也不给报酬。”

我撂下这句话，当天就和他分手了。回家之后，我把这件事同早濑讲，但他只是带着疲倦的眼神点了点头，既没有生拉尔夫的气，也没有对我表示同情。大概因为他满脑子都是自己的研究和未来，所以无暇他顾吧。不过我那时候也不知道早濑究竟在研究些什么东西。

但叫人吃惊的是，第二天的清晨，拉尔夫竟然给我打电话了。他的声音既沉稳又平静，表示想在咖啡馆里和我谈谈。可能因为是早晨，我的脑子非常清醒，拉尔夫的声音听起来也十分友善。我走进咖啡馆的时候，拉尔夫已经到了，他没有像平时一样穿得黑咕隆咚的，而是穿了一件亮蓝色的工装衬衫，脸上还泛着淡淡的笑容。坐下之后，他默默地递来一本笔记本，本子里铅笔的字迹意外地有些憨态可掬。

“这是新剧本。我熬夜写的，请你现在就读一读。”

在最新的剧本里，由我所饰演的女主角会住院两周，并在此期间渐渐地和两位同病房的女性熟悉起来。她们其中一人在开车时撞上卡车，导致下半身严重骨折，更糟的是，她还失去了自己的孩子。另一人则是在徒步旅行时从悬崖上跌落，脊髓受损导致四肢瘫痪。

主人公对主治医生心怀淡淡的爱意，情节设定她出院后要返回日本。最后一幕是在机场里，主人公又一次差点摔倒，却被外科医生及时扶住，于是两人相视一笑，画面也在此定格。大概就是这样的情节。我心想，事到如今你再装好人修改剧本也没用了，一度燃起的阿修罗之怒是无法平息的。可拉尔夫的眼珠湿润，像生病发烧了似的，肩膀以下的身体也一反常态，显得有气无力。

“行吧，要是按照这个剧本演，我没问题。”

回过神来的时候，我已经妥协了。

拉尔夫请我在合同上签名，他还做出承诺，说从今以后，任何对于脚本的修改都要征得我的同意。合同里还写，我将在拍摄结束后的一个月内收到我的报酬，金额与德国高中教师的月薪相当。我半信半疑地在合同上签了字。

在之后的拍摄中，虽然我们又吵了几回，但最终没有闹掰，拍摄顺利完成之后，报酬也如约打到了我的账户上。导演拉尔夫凭借这部作品摘下了弗莱堡地下电影节的新人奖，并筹集到了拍摄下一部电影的资金，依然是一个小成本的项目，只能招一个摄影师、一个音响师和一个助手，演员也只能尽量找愿意免费出演的群众演员，或者是在学校里学表演的熟人。他又想找我演戏。我并不觉得抗拒。

这次我演的是住在柏林高档住宅区里的一个年约三十岁的日本女性——遥香，遥香继承了已故富豪丈夫的遗产，没有经济上的烦忧，但却饱受孤独之苦，最终掉入网络婚骗的陷阱中。她在交友网站上认识了一个住在弗莱堡，爱好是收集文艺复兴时期画作的商人。照片里的男人坐在客厅的沙发上，跷着二郎腿面朝镜头微笑。作为一个商人，他的身材有些过于健美了，这让他看起来像是一个演员而不是画作收藏家。

这个自称弗洛里安的男人答应来柏林见遥香，然而到了当天，却声称自己因为在弗莱堡近郊的巴塞尔-米卢斯机场被小偷顺走了手机和身份证所以无法成行。无奈之下，遥香只能放弃见面，之后两人在网上继续交流，随着互动频率的提高，遥香越来越期待男人的联络，她心跳加速，并将这种焦虑误认为爱情。

不久之后，弗洛里安再次通知遥香说自己要来柏林。遥香满怀期待，然而到了当天，弗洛里安又告诉她，因为他的母亲在路上摔倒，髋骨骨折需要住院，所以又没法来了。遥香忍无可忍，在未经商量的情况下买了机票，几个小时后便启程飞往弗莱堡。

弗莱堡地处德国西南边境，毗邻法国和瑞士。因为弗莱堡没有机场，所以她只得从瑞士、法国和德国共用的巴塞尔-米卢斯-弗莱堡机场出发，再乘坐巴士前往弗莱堡中央车站。

在接下遥香这个角色之后，我问拉尔夫，你是怎么知道这个算不上特别常见的日本女性名字的。他告诉我说是意大利产的一种米的牌子，我恍然大悟。在德国，确实有几种意大利生产的日本品种米在卖，且都冠有一个日本名字。我买的那种米的牌子叫作“日出”，包装上印着一个穿绿色和服的武士的图案，另有“遥香”和“花火”等品牌。我虽然知道它们是日语单词，但却总是隐约感到有点违和。

电影开机了。在拍摄遥香到达欧洲机场的那天，早濑把我送到了取景地。虽说是“送我”，但因为他没有车，只是陪我从车站坐巴士到了现场。这也是他第一次送我。

与早濑一起抵达现场时，拉尔夫一脸疑惑地盯着我。在我介绍说“这是我丈夫”的时候，他睁大了双眼。我以为他早在我们第一次在派对上见面时就知道早濑的存在了，但很显然，他并不知道。

早濑站在摄影师身后，罕见地交抱着双臂，眺望着拍摄的风景。拉尔夫则凑到我的耳边低语道：“你老公不希望自己的妻子被摄像机抢走，所以来监工。”早濑没注意到他，一个小时后便离开了，说自己还有工作要做。

当天的拍摄结束以后，拉尔夫提出一起去喝杯啤酒。我坐在一台被烟味浸透了的面包车里被拉回弗莱堡市区，在一家酒吧门口下了车。酒吧里摆着一张台球桌。

啤酒上来了，我举起自己的小啤酒杯，想要干杯，拉尔夫看起来百无聊赖，举起他的大啤酒杯，我们俩的杯子没有碰到一起。

“那个男人没有气场，你们夫妇不般配。”他说。我为自己间接地受到表扬感到开心，所以没有反驳。

“你知道你们不合适却不分手，是因为你懦弱。”拉尔夫眯起眼睛说。

我这才感受到被冒犯，于是出言反驳，但拉尔夫却愈发较真，这又让我更想教训他一顿。我们爆发了一场激烈的争吵，打台球的男女停止了游戏，将球杆斜斜地抱在怀里，担心地望着我们。吵到最后，我情绪失控地大喊：“反正再谈下去也没有意义！”然后就抓起包回了家。在此之前，我从未对早濑或其他任何人这么生气过。我感到好像自己不再是自己，而是化身为了一个外国电影里的出场人物。

几天后，早濑告诉我他有重要的事要谈，然后为我泡了一杯浓浓的绿茶。他的表情严肃，似乎是在掩饰某种喜悦。他告诉我，说自己在关西的一所大学里找到了工作，并把“回国”一词念得抑扬顿挫。我一直在胡思乱想，我想到“回国”一词的拼写字母，“KIKOKU”，刚刚觉得连续三个K打头的单词很罕见，又马上意识到“過酷”和“価格”的罗马字拼法也是三个K。[1]

在弗莱堡生活的数年对早濑来说是一段过长的间奏，但对我来说，只是一段刚刚结束的前奏。我才刚刚发现德国生活的乐趣，正准备开始享受呢。

虽说在关西生活是我多年以来的梦想，但我现在还不想离开德国，总觉得再留一年，可能会有意想不到的发展。

我于是向早濑提议说，在回日本之前先在柏林住一段时间。既然有机会在德国生活，只在弗莱堡停留就太亏了，不如趁此机会多多探索，毕竟将来可能很难再有这样的机会了。早濑似乎是被我的提议打动了，原本因为“回国”而紧绷的表情也逐渐放松下来，仿佛是被“柏林”一词柔和的发音所感染，他露出了

1 日语“過酷（kakoku）”用于形容现实环境的残酷、严酷，条件的苛刻；“価格（kakaku）”即价格。

笑容。

“说实话，我考虑过参加一个为期一学期的驻留在柏林的项目。但觉得现在不能浪费时间，就放弃了这个想法。”

“可是你也说过，不懂得玩的人，从长远的角度看也不懂得治学啊。”

“但日本的前辈是很严肃认真的，可能不会认同。”

如果没有我的提议，早濑可能已经默默放弃这个想法了。我虽然笑着调侃，但内心也强烈意识到，我的命运其实在很大程度上取决于早濑的决定。于是，为了防止他改变主意，我立刻开始在网上搜寻起柏林的住所。假如顺利的话，早濑说不定会爱上并适应柏林这座国际都市，他会觉得日本社会的人际关系太过麻烦，并最终决定留在这里。

早濑在最后关头提交了柏林驻留项目的申请并获得了奖学金。房子也找到了，虽然在治安不好的地区，但好歹很便宜。就这样，我们从小小的大学城市弗莱堡，搬进了柏林的克罗伊茨贝格区。

搬到柏林才过了一个月，早濑就开始叨念“还是尽早回日本吧”。虽然离关西的大学工作开始还有好几个月，但他已经在网上搜寻住处。本来他是用邮件和日本联系，现在却每周都给家里打电话。

我很着急，编出很多理由让自己能在柏林多留一会，我报名在一部自己完全不想出演的电影里做临时演员，并且得到了录用。我对早濑说，因为这部电影是我在德国的最后回忆，所以希望他先回国。

早濑最终回日本去了，我则留在了柏林。自那以来，十年过去了。每次散步，当我看到陌生人家的灯光，都会想起过去。天黑后因为未拉上窗帘而一览无余的地面层，一个女孩趴在桌上说话，年轻的父亲在斟红茶，年长的妻子在切蛋糕。这些人与我毫无关系，但是我可以作为我，而不是窗子里煮红茶的那个男人降生于世，说不定只是偶然。如果说天性和国籍都是偶然，那么我这个人的必然之处又在哪里呢？

不知不觉间，我踏上了回家的路。走到家门口的时候，我看见邻居家的黄色灯光已然融入了夜色。M先生是否在一个人吃晚饭呢？

M先生邀请我一起去太极拳学校，我没有理由拒绝。他甚至没问我有没有打过太极拳。可能他觉得太极拳是东亚武术，所以我一定接触过。但其实太极拳在日本的历史并不十分悠久，并且我也没有练过和太极拳相似的其他武术。

仔细想想其实很奇怪。从小学到高中，体育课教授了各种各样的球类运动，篮球、排球、垒球、网球、足球，但唯独缺少了太极拳、跆拳道、弓道、相扑这些源自亚洲的运动。男生的话，可以在初中的体育课学柔道，但是女生如果不参加社团活动的话，是接触不到武术的。

我曾经好多次在电视上看到人们在北京的公园里打太极。像是慢镜头的影像，不仅是他们的动作慢悠悠的，就连空气的流动、树枝的摆动，似乎都在配合他们的动作。

之后我再次上网搜索太极拳视频，最先看到的却是一位使剑的女士，她用剑在空中劈砍，动作缓慢，但身体却没有一处松弛，剑与身体画出的线条干净利落，使观者产生了一种仿佛自己也被剑给切开了的感觉。我这才发现自己输错了汉字，搜成了“太极剑”。当时，我还不知道太极剑也是太极拳的一部分。

自那之后又过去三天，门铃响了，打开门一看是M先生。我劝他进屋里来，可他却固执地站在门外，一脸认真地说：

“明天太极拳学校有初学者的体验课，要去看看吗？”

我有些惊讶，原来他学太极拳的心比我想象中更迫切，于是我答道：

“好啊，一起去吧，亲身体验一下是最好的。试过之后如果不喜欢就算了。”

M先生和我约好明天傍晚五点见面，然后就离开了。我坐进沙发里，突然间感到有些无所适从。不愉快的记忆像臭味从房间的角落升起。

在我还住在弗莱堡的时候，附近有一个教瑜伽的女人。早濑从不对女人的外貌品头论足，但在看到她时总会立刻说：“这是个有魅力的人。”那个女人的身形像猫一样狡猾，脸蛋像花生一样小。眼神交汇的时候，她的眼球就像探测器，执着地追踪着我的心。当她的身影出现在远处，我就会像老鼠一样迅速地逃开。但此猫往往突然出现在我面前，使我不得不同她说话。

我暗中给这个女人取名为“夜蛾”，她是在弗莱堡出生的德国人，但因为曾在孟买待了一个月，就自认为很懂亚洲了。亚洲是一个庞大而混沌的概念，不仅包括了孟买、埼玉、马尼拉、仰光、上海和乌鲁木齐，就连土耳其的一部分也是亚洲。可她却无视我的困惑，自信满满地说："在亚洲，人们活得很放松。但欧洲人总是处于对抗状态，所以容易生病。不过我是欧洲人里的例外。"每次和她谈话，我都感觉肌肉紧张得不行，如果真的有方法能让我放松，我倒想让她教教我。我是完全不相信她能教会我放松的，她耸起的肩膀暴露了她的竞争心。她频繁邀请我去她的瑜伽课。说不定正是因为她，才让我对赞美亚洲特色文化的人心生警惕。

对"武"这个字，我从小就有一种警戒心。上中学时，每当我经过体育馆旁的小道，总能听到吼叫般的号令、问候、训斥和军队式的回应。那可能是剑道、柔道，有时也可能是空手道的练习。如果马上要去到的太极拳学校的老师也有这样一种军队式的严厉，动辄怒吼训斥的话，那我立刻就会打退堂鼓。

第二天，我和M先生一起去了太极拳学校。因为自己还不知道M先生的姓氏，也没有勇气问，所以有点于心不安。有人喜欢在交谈中叫人名字，"没错，XX先生""说到这个，XX女士，就是这样的"，一听就知道是在同谁讲话，也让人感觉被重视，可我却很难做到这一点。

"刚刚我打电话问了太极拳学校，他们说不管年龄多大都可以参加，哪怕一百岁也行。残障人士，或者从来没有运动过的人也都可以参加。”M先生微笑着说。

为了缓和气氛，我半开玩笑地说道：“真的有从来没运动过的人吗？”

“这里就有一个。战后食物短缺，没有人会为了消耗热量而做运动的，所有的热量都用在获取食物和修房子上了。”M先生淡定地跨越了时间的界限，迈着不紧不慢的步子回到了战后的岁月，这是一种会随着年龄的增长而自然习得的技巧吗？

“要冷静地判断当天的自己究竟有多少热量可以消耗，然后再把它们用在必要的地方。获取食物、修理房子、洗衣服，需要做的事情堆成山。但现在的人却为多余的卡路里烦恼，去跑步或者游泳。”

“所以您是为了活动身体才想开始练太极拳吗？”

“不是，其实是因为我经常被魔女袭腰，所以想通过练太极拳来缓解。”

德语习惯把急性腰痛叫作“魔女的一击”。

“其实我也被魔女的一击折磨过。”

那是我住在弗莱堡时候的事了，早濑和我被一位叫卡尔的学生邀请去参加生日聚会。但说是聚会，其实就是大家各自带些沙拉和廉价葡萄酒热闹一下。

早濑不怎么和人说话，独自一个人待在房间的角落喝酒，有人和他搭话，他也会回避眼神交流，就只是点点头，所以很难聊得尽兴。而我则因为羞耻心的缺乏和好奇心的过剩积极地参与到对话里，愉快地互动间，德语也渐渐流利了。

那天我见到卡尔，立刻就和他聊了起来，话语来回有如干净利索的乒乓球赛。

卡尔被其他朋友邀请去喝酒走开了，这时早濑对我说："你只有发音还不错。"我瞬间感觉自己被比作谷崎润一郎小说《痴人之爱》里那个英语发音漂亮但头脑简单的娜奥密[1]，心里很不舒服。

过了一会儿，卡尔回来了，他同我分享了一件趣事，我故意笑得前仰后合，但就在这时，我突然闪到了腰。我努力克制痛苦的表情，慢慢地挪到沙发上坐下，但疼痛依旧没有缓解。如果可以的话，我想弯成虾的形状躺在地板上休息。所幸卡尔没有注意到我的异样，离开沙发去给自己斟酒了。早濑察觉到我的不

1 《痴人之爱》的女主人公，本是一个出身低微的女侍，因年轻貌美被男主人公相中，他计划把她培养成完美的妻子。

适，扶我躺进沙发里，并用比平时更低沉的声音问道：“你还好吗？”一些注意到异常的客人围了过来。我模模糊糊地听见早濑在向他们解释，什么我妻子的腰不太好之类的。是因为他正在扮演一位有家室的守护着妻子的男人吗？他的声音听起来平静而沉稳。

“听说打太极拳能预防腰痛。”M先生说。原来如此。我以为太极拳是一种武术格斗技能，但它其实更像是一种调整自己的骨骼受力结构的、宁心静气的运动。

“太极拳学校”的招牌是用篆书写的，但作为一个门外汉，我其实不太清楚这到底是地道的篆体，还是篆体风格的艺术字。在其下方则用德语写着“气功与太极学校”。我好像在哪儿看过这建筑，它让我想起弗莱堡郊外的一座废弃小火车站，它的候车室被一位画家买下并改造成了画室。站在我身后的M先生不经意地开口了：

“这个建筑在五十年代的时候好像是舞厅。”

“舞厅？这个词挺有味道。现在就连迪斯科这个词也都很少用了，说到舞厅，我就想起二十世纪二十年代的画作。”

“那时候的东京是什么样的呢？”

“我在书里读到说，东京那时也有舞厅，但随着时代逐渐走向战争，这些舞厅也都关闭了。”

我摁响了太极拳学校的门铃，调整了一下呼吸，等待大门打开。我想当然地以为武术教练肯定是那种身材魁梧得和狗熊一样的男人，但出人意料的，来到门口迎接我们的，竟是一位个子小小、酷似一颗可爱板栗的中国女人。当然，说她个子小小，只是和德国人的平均身高相比之下的小，和我相比的话，她还是要高出一截的。女人大约三十岁上下，穿着海军蓝的运动服，腋下夹着平板电脑。我目不转睛地看着她，她也看着我们，接着她开口说道：

“欢迎光临。今天有八个人报名，还差两位，我们再等一会儿。更衣室在那边。”

听了她的话，M先生有些不安地问：

“我没带专门的衣服，您告诉我到底穿什么衣服比较好，我去买。”

“您现在穿的衣服就可以了。”她说。

我换上了日常家居穿的运动装。因为我从未在大庭广众之下穿过这件衣服，所以感觉就像是穿着睡衣出现在别人眼前，多少有些不自在。

教练姓陈，她让我们叫她吉娜，但我却更想叫她

“陈老师”。我很好奇“陈”字究竟怎么写，但要是问她的话，就会变成是在强调自己来自汉字文化圈的国家，而我更希望她把我一视同仁地当作一个生活在柏林的普通人。

也许是我多虑了，老师可能早就察觉了我的出身背景，但她却并没有特别在意，只是把我当成和其他学员一样的生活在柏林的人。

“虽然还有两位没到，但我们先开始吧。”陈老师说。

我们彼此间隔开，在练功房里排好位置，我站在最前面一列的左边。地板上的木纹经过精心的打磨，闪着柔和的光。

“首先张开双腿，与肩同宽，把脚稳稳地踩在地上。”陈老师说。

这时，从走廊里传来了一阵急促的脚步声，一个头发剃得很短的女人牵着一个看上去像是她的伴侣的男人走了进来。女人的四肢纤细，只有怀孕的肚子圆鼓鼓地隆起，她为自己的迟到表示了歉意，然后便站到了教室后面。我将注意力重新拉回自己的身体，然后将脚稳稳地踩在地板上。

“重量不要集中在脚趾或脚跟上，要平均地分布在整个脚底。然后慢慢地曲膝，腰部往下沉。”

我试着模仿陈老师的动作。

“不要弓背，也不要刻意绷直，肩膀放松。”

每当老师提到“肩膀”，我便将意识聚焦于肩膀，提到“背”时，我的注意力便转向背部。一旦集中意识，就能自如地控制身体的各部位。这本来是理所当然的事，但因为平日里疏忽了，竟令我有些惊奇。

“放松肩膀。然后慢慢地抬起手腕，但肩膀不要跟着抬，要放低。”

陈老师自如地上下移动着身体，她的上身看上去轻盈无比。我模仿她的动作，也感到身体在逐渐变轻。

“放松肘部，手腕如被牵引，缓缓抬起后自然下落。肘部只需跟随手腕，避免先行。”我们专注在身体的放松之中，不知不觉间，一小时悄然流逝。我感到一种像是冲完了淋浴似的身心舒畅。

“体验课就到这里。想继续上课的人，请在这里填写姓名、地址和电话，下周同一时间再来。”

陈老师递上名单。我签上了自己的名字“Misa Takatsume”。我一度想在旁边空白处写下“高津目美砂”的汉字，但最终还是放弃了。我把名单传给M先生，看着他迅速签下了自己的名字，他的字迹潦草得几乎无法辨认，硬要说的话可能还真是“迈恩芬德”。陈老师走过来，看了看名单，然后笑了。

“请写清楚一些哟。”她像小学老师似的提醒道。

M先生尴尬地笑了：“我尽力了，小时候也努力过，但把字写清楚对我来说真的很难。”

走出教室，微凉的夜风拂过发热的皮肤，感觉十分舒适。M先生虽然走得很快，但左腿还是有些不便。

“怎么样？这种源自遥远的东亚，如今传播到欧陆的传统文化——太极拳，您喜欢吗？”

我稍微犹豫了一下，心里思索着欧陆与东亚对我来说究竟哪一个更遥远。但想要继续练习的心情却是坚定而明确的。

“我的好奇心被激起来了，所以一定会继续上课的。这感觉就像是宇航员在月球上着陆，重力消失了，但又能清晰地感受到身体的重量。不可思议的运动体验。”

M先生停下脚步，重重地点头以示赞同，他抬起右手放在胸部，深深地吸进一口气。

“您知道月亮依存症吗？也叫梦游症。患者没有意识，但身体却能正常活动。他们不会摔倒，也不会受伤，常常半夜在镇上走来走去。”

"练太极拳会得梦游症吗?"

"那就不晓得了。只要它能让我自在地深呼吸,就够了。拜拜,睡个好觉吧。"

我才刚刚走进屋,电话就仿佛埋伏已久似的响了,是苏茜打来的,问我过得怎么样,于是我便和她说起太极拳体验课的事。

"太极拳?真好。打太极拳比去健身房好多了。"

"为什么去健身房不好?"

"因为健身房里用机器锻炼,总感觉人也成了机器。"

"而太极拳包含了对人体结构的冷静分析,最终也会锻炼到肌肉。"

"的确,而且这种肌肉不是健美杂志封面上的那种外在的肌肉,它更注重锻炼内在的肌肉。"

"你怎么连这种事都知道?"

"因为我练过太极。"

"你把我吓到了。我只知道你练过瑜伽,会刺绣、雕版、摄影,养过食人鱼,你还学过太极拳吗?"

"因为我没什么耐心嘛,所以尝试了很多爱好。"

"你钓过鱼吗?"

"钓过钓过。我还有海钓的资格证呢。"

“象棋呢?”

“我的最爱。斯蒂芬·茨威格不是有篇小说叫作《象棋的故事》吗，读完之后我特别特别想学象棋。有两年特别痴迷，虽然没有下得很好就是了。”

苏茜坐轮椅，行动受限，可一旦有了目标就会毫不犹豫地去追求。和她相比，我很少主动接触新事物，可一旦形成某种习惯，就会长久地坚持。但这并不是因为我有多耐心，而是因为我懒得改变现有的生活模式。如果我能把翻译克莱斯特的作品培养成一种习惯，或许五十年后，就能完成他的全集翻译。

“但是你怎么会突然想学太极拳呢?”

“邻居邀请我一起去学的。”

“你和邻居已经走得这么近了吗?那真是不错。”

“有一次我碰巧在咖啡馆遇到他，聊了很久。他跟我分享了他小时候的经历，距离一下子就拉近了。他说自己是在二战快结束时从东普鲁士逃出来的。”

“那就是战前出生的人喽。不过为什么是太极拳?”

“因为他腰痛想练太极拳，但又没有勇气一个人去，所以就邀请我一起去。说起这个，我就想起了还在弗莱堡的时候，有个瑞士人第一次吃寿司，害怕，不敢一个人去，就拉上我同行。感觉这两件事挺像的。”

挂断电话之后，我翻开了克莱斯特的全集。虽然小说标题叫作《洛迦诺的女乞丐》，可才刚开篇，女乞丐就死了，真是奇怪的小说。

并且她是摔死的。我自己也容易摔跤，有时会想，会不会有一天我也在家门口就这么摔一跤，头磕到人行道边上，然后人就这么平淡无奇地没了。特别是冬天路面结冰时，很多人滑倒骨折，柏林的医院床位都不够用了。

洛迦诺的老妇人是摔死的，如果这事闹上法庭，应该会被判为意外吧。女人无家可归，缩在房间的一角御寒，侯爵嫌弃她挡路要赶她走，从法律上讲，他是无罪的。说不定这个女人还得感谢侯爵的慈悲，如果他让你离开，那你就有离开的义务。侯爵可能一辈子都不会觉得自己有罪，在此之后，他多半也会继续过他的安定生活吧。

“几年后，侯爵因战争和歉收导致经济状况不佳，这时有个佛罗伦萨的骑士提出要买下这座风景如画的城堡；侯爵觉得这买卖很划算，便请妻子安排骑士住进那间空房里，房间布置得富丽堂皇，可到了半夜，客人却慌张地跑到夫妇俩的房间，脸色苍白地声称房间里真的有鬼。侯爵夫妇的脸色很难看。客人说，虽然看不见，但能清楚地听到有什么东西从房间角落的稻草堆里站起来，脚步声清晰可辨，那东西就这样颤颤巍巍地站起来，横穿过房间，走到了壁炉旁叹了口气，呻吟了一声，接着就倒下了。”

开篇死去的女人在第二个段落以幽灵的形式回来了。这故事进展得飞快，要是跟不上这节奏，好像就会在字里行间跌倒。一般来说，小说这种读物，会对风景或人物做长篇累牍的描述，这是阅读的乐趣之一，虽然有时候也会因为啰唆而跳过。克莱斯特的短篇小说则充满了速度感，读者就像一个骑手，坐在马背上穿越茫茫原野。这匹名叫好奇心的马跑得飞快，一不留神就有可能被甩下马背。

我合上书，挪到沙发上，抱着一个靠垫开始发呆。一旁的台灯将空间照亮出一个球形的范围，房间的角落很暗，就算真有幽灵蹲在那儿也看不清。比起点亮整个房间，只将自己的周围点亮的局部照明会更让我感觉平静，白色的光线带了点浅黄，像蚕茧。

还住在弗莱堡的时候，早濑是不喜欢局部照明的，他在天花板上装了荧光灯，弄得整个房间都亮堂堂的。有一次，我们邀请附近的齐贝格夫人来家里吃饭，这盏灯还让她吃了一惊。

“你们怎么把家弄得跟律师事务所一样亮？”

早濑不为所动，说：

“我就喜欢亮堂的环境。”

齐贝格夫人似乎对这个答案不太满意，又问：“日本人不是都会赞美阴影之美吗？难道谷崎润一郎写的那些都是假的吗？”

非常清奇的角度。很显然，齐贝格夫人也读过在德国很畅销的谷崎润一郎的《阴翳礼赞》。

早濑沉默了，于是我只好接着他的话说：

“谷崎是以前的人了。而且在他那个时代，阴翳的文化也已经逐渐地在消失了。他只是用文字保存了这些文化，并传播到了西方。”

早濑在这些时候总是一言不发，为了缓解尴尬，我只能编造出一个看似合理的解释。之后，齐贝格夫人走了，房间里只剩我们俩，突然间，早濑变得健谈起来。

“问我为什么把房间弄得这么亮，她问这个才奇怪呢。这里是我家，我有权利选择安装自己喜欢的灯。”

“问这个才奇怪呢”是早濑的口头禅。在日语里听起来很顺耳，翻译成德语就显得很别扭。与此相对的，在德语里“问问题就是要百无禁忌”才是常识。

我偏爱局部照明，所以早濑回国后，就立马买了盏形似日本灯笼的灯。因为房间有灯光照不到的地方，所以走廊应该也是一片漆黑吧。我也无法想象此刻空无一人的二楼究竟在发生着什么。说不定这间房子里也有幽灵。我一边用手指擦去窗框上的灰尘一边想，我的确对这房子的历史一无所知。

在德国，把租来的房子再转租出去是很常见的事情。比如因为工作关系需要在另一个城市住几年，等回来的时候再重新找合适的房子实在太麻烦，所以经常会转租给人来住。现在的我就是那个被转租的人。

租房子给我的，是一对五十多岁的夫妇，和苏茜有亲戚关系。苏茜说，那位行事利落的妻子是英语和德语老师，而慢吞吞的丈夫则是摄影师，两人虽然在海外辗转生活，但打算把这所租来的房子当作养老的地方。苏茜还告诉我，这对夫妇不是第一次把房子租给别人了，在我之前，这里住过一个单身作曲家。

据说这对夫妇在阿根廷工作期间，曾有一次抽空去巴西旅行，他们在里约热内卢的一家旅馆吃早餐时，意外与那位作曲家同桌了，并发现彼此意气相投。我虽然从未见过这对夫妇，但在苏茜的介绍下，还是租下了他们曾经住过的房子。

“从一个国家搬到另一个陌生的国家生活，一定很辛苦吧。几年之后又要重新适应全新的语言和文化？我个人喜欢深入研究一种外国文化，真的不愿意在不同的国家之间来回辗转。”

某次我在和苏茜电话闲聊时提到了这对夫妇，表达了上述的看法。

“那样确实也挺疲惫的。不过也有些人正相反，长时间待在自己的家乡就会感到疲惫。对他们而言，长时间地待在同一个地方，那里也就变成了家乡，就会让他们感到疲惫，所以他们总是不断移居，去到新的国家。”

上完太极拳体验课，一周转眼间就过去了，又到了星期三。门铃响起时，我还没准备好出门。尽管M先生显得有些急切，但距离我计划出门的时间还有十五分钟。

“稍等，我马上收拾一下就走。”

“不急。”

M先生走路时有些不稳。他的脸和说话方式显得很年轻，但双腿似乎有些虚弱。也许是战争年代留下的旧伤所致。一边走，我一边忍不住问他：

“您认识之前住在我的房子里的人吗？”

“您是指那位作曲家？您不认识他吗？”M先生似乎对我不认识那位作曲家而感到意外。

“不认识。那位作曲家也是从我朋友苏茜的亲戚夫妻俩手上租到这间房子的。”

“就是那对一直在国外工作的夫妇？”

“是的。您见过他们吗？”

“只是简短地聊过几句。当时他们短暂回国。虽然他们也是德国人，但却说自己不喜欢德国人。其实我也有同感。”

“为什么不喜欢德国人？您在东欧度过的童年时期，波兰人、犹太人和德国人不是混居在一起的吗？”

“没错。”

“纳粹抬头之前，德国人和其他民族是平等的吗？”

M先生沉吟着，然后从喉咙里挤出这些话：

“在纳粹抬头之前，可以这么说。但中世纪的条顿骑士团的心态其实就已经很军事化了。我小时候搬去东欧，出发时马车后面装着稻草，稻草里面藏着猎枪，算是武装开拓团。在德国人的意识里，早就有一种认为自己比斯拉夫民族更优越的傲慢，纳粹只不过是进一步强化了这种意识。”

“但不是所有德国人都支持纳粹的政策的吧？”

“当然不是。住在东欧的德裔移民也发起过抵抗运动。就算是德国人，也不会一直无条件地认同德国政府做的事。就和美国人也不会一直无条件地认同美国政府做的事一样，这还算是有救。不过……”

说到这里，M先生停了下来，并迅速地转移了话题。

“对了，上次陈老师教的太极拳站姿，上课时，我明明觉得很有道理，但自己在家里却完全做不到。在沉腰的同时放松肩膀，太难了。而且她还说脊柱不要呈弓形，但脊柱本身就是有一定曲度的，不是吗？”

我没法回答他的提问。M先生把陈老师的话牢记在心里，回家后也一直在努力练习，直到自己能够真正理解。于是我也暗自下定决心，今天要牢记老师说的每一句话，回家以后认真练习。

那天在更衣室里，一位大约五十岁的女士同我攀谈起来，她穿着鲜红色的运动服，虽说我不太擅长记人脸，但她眼周浓重的妆容让我想起她上周也来过。她穿着一件凸显胸部的针织衫，腰间系着束身带，脚下踩着高跟鞋，耳朵上挂着大耳环。整体给人一种艳丽的感觉，但却又带着一丝朴素的温暖。

“我叫阿廖娜。”

“你的名字很好听。”

“我出生在圣彼得堡。”

圣彼得堡就是曾经被叫作列宁格勒的城市。阿廖娜的声音有些沙哑，像是抽多了烟或喝多了威士忌。

“你叫什么名字？”

“美砂。”

“真是个好名字，有什么特别的含义吗？”

“美丽的沙砾。”

“咦？沙砾也有美丽和不美丽之分吗？”

“应该有吧。”

“我觉得沙砾很有诗意的，没有固定的形状，每当海浪涌来的时候就被带走，但即便是被带走，也不会消失，而是会永远地存在于海底和沙漠之中。对了，和你一起来的那位男士是你的男朋友吗？”

“不，不是。他只是我隔壁的邻居。我还没那么老吧。”

“年龄差得大的情侣也挺多的。”

“确实不少。”

“那你是单身吗？”

“是，更准确地说，我离过一次婚。”

“哦，这么年轻就已经离过婚了吗？你的进度还真是快呢。”

阿廖娜显然是把我的年龄看小了。

“要吃这个吗？”

阿廖娜摊开手掌，一个小巧的方形点心放在她掌心，点心外面有一层包装纸，印着一个金发碧眼的双马尾小女孩的图案。我接过来咬了一口，里面是软软的牛轧糖，粘住了我的上颚。

练习开始了，陈老师指导着我们：

“站立时，想象有一根线从头顶的发旋处将自己吊起。”

我用右手指尖轻轻地摸索着自己的头顶的发旋，惊讶地发现它比我想象得要靠后很多。我想象自己变成了头顶吊着一根线的晴天娃娃，正轻微晃动。我先是左右摇摆，然后渐渐开始画圆，以头顶的发旋为轴画出圆锥。因为上面用线吊着，所以不用担心会摔倒。

我产生一种即使大幅度动作也不会失去平衡的感觉，心里十分畅快，动作也变得更加大胆。陈老师看到我，提醒道：

“虽然说被线吊着，但也不能变成傀儡政权哟。”

我吓了一跳，顿时僵住了。有人忍不住笑出了声，我回头一看，是俄罗斯人阿廖娜。确实，可不能变得像个受操控的木偶。但如果想说提线木偶的话，直接说“提线木偶”就行了，为什么陈老师要用到“傀儡政权”这个词呢？我想起高中时第一次在历史课本上看到“傀儡”这个词，觉得怎么会有如此阴森的汉字，光是看着就让人觉得害怕。

“但我们可不是在上吊，所以要记得收下巴。”陈老师又提醒道。

于是旁边那位瘦削的、带有东南亚特征的女人一脸认真地收了下巴，但却没有形成双下巴，反而显得脖子很长。我想这个人上周应该没来，如果她来了，那我肯定会记住她这张脸的。

“要收下巴，但也不能收得太过分。”

陈老师又说，于是那位东南亚长相的女人稍微抬了抬下巴。我也跟着调整起下巴的位置，想找到那个既不“抬得太高”也不“收得过低”的位置。

“要找到从头顶的发旋伸出一根线被吊在天上的感觉。”

陈老师重复了一遍，刚一说完，我却产生了头顶的发旋消失了的感觉，于是慌慌张张地用指尖再次确认了一下位置。

“重心要垂直地落在骨盆的中间。臀部后翘是腰痛的元凶。臀部往前收，放松紧绷的脊柱下部。可能有人认为前凸后翘的姿势更性感，但这完全是误解。”

“性感”一词在教室内引起了一阵轻微的笑声。陈老师的德语十分流利，她幽默的评论缓和了现场的气氛。

“大家都知道尾椎骨吧。尾椎骨要向下落，要有经过胯部，然后用它朝前看的感觉。”

陈老师所说的“尾椎骨”一词对我来说非常新鲜，以前我从来没有特意地关注过自己的尾椎骨。我试着按陈老师的指导去感受这块骨头，先让它向下沉，然后再向前延伸。我感觉自己的脊椎前所未有地稳固和平衡。

我忽然想起自己中学时经常去一个朋友家玩。朋友的妈妈说我体态不好，还教我做矫正体态的体操。

那个阿姨毕业于体育大学，还是市民体操的讲师。她让我站在墙前，用双手推墙，还让我“再用点腰”。当时我很疑惑，不知道究竟要怎么用腰。“你的理解力有点差呀。”她露出一副无可奈何的表情对我说。现在我听到陈老师说要有尾椎骨“经过胯部，然后用它朝前看的感觉”，忽然想到，说不定这就是“把腰用上”的含义。实际上，当我慢慢地落下臀部，伸展脊柱的最下端时，会产生一种好像尾骨也在一边画着半圆一边向前移动的感觉。于是腹部也收紧了，上半身的重量突然得到了大腿肌肉的支撑，或许这就是所谓的“把腰用上”。

人家用日语对我说“把腰用上”，我完全理解不了，但在身为中国人的陈老师用德语对我解释一番之后，我却一下子豁然开朗了，真是不可思议。

练习结束后，我和M先生并排走在回家的路上。他的脸上洋溢着明朗的笑容。

“您以前像这样感受过尾椎骨吗?”我问M先生。

“没有，一次也没有。我简直完全忘了自己和猴子也是亲戚。你知道长尾巴的达尔文那幅讽刺画吗?他提出进化论，在当时引起了很大的争议。”

“为什么?”

“因为当时的人普遍相信上帝造人。如果按照字面含义理解《圣经》，人类从一开始就是作为人类被创造出来的，是不同于动物的存在。即便是现在，也有很多国家的人出于宗教原因否定进化论。但是在日本几乎所有人都接受进化论。真是个开明的国家呢。”

“这倒未必是因为思想开明，或许是因为有轮回的理念。对于那些相信自己的前世有可能是蛤蟆的人来说，告诉他们人类的祖先是猿猴构不成任何冲击。”

M先生笑了，听上去十分快活。

“蛤蟆？想象力真够丰富的。”

“就算有人说我的祖母是白桦树，我也不会觉得奇怪。如果有人说CD机是我叔叔，冰箱是我阿姨，我也会觉得可以接受。更何况猴子跟人类这么像，甚至根本不需要达尔文来告诉我，我一直就觉得它们就是我的兄弟。”

红灯亮起，我们停下脚步，细雨开始落下，像是要切碎这红光。M先生从包里掏出一把黑色雨伞在头顶撑开，我们就像置身于一座小型的天文台。

一周过去了，周一再次来临，在我走进花园时，

M先生隔着篱笆叫住了我。他说自己的伴侣长途旅行回来了，所以这周他不能去练太极拳了。我还没见过M先生的伴侣，只记得他曾说，那个人自称是已经消失的古普鲁士人的后裔，总是一边旅行一边搜寻着古普鲁士人的踪迹。

我很好奇古普鲁士人究竟是什么样的一群人，于是就在网上查了一下，发现他们是住在普鲁士地区的一个民族，既不是德国人，也不是波兰人，也不是俄罗斯人。

后来他们被其他民族吸收，作为一个民族的古普鲁士人也消失了，但并不是遭到了灭绝，而是以同化的形式消失了。他们还有自己的语言，虽说古普鲁士语吸收了许多来自德语和斯拉夫语的外来词，但其语言本身却和立陶宛语和拉脱维亚语更接近。在我的想象中，古普鲁士人可能是一群相当“随和”的人，他们并没有为保护古普鲁士语而挺身抗争，只是顺其自然地觉得“既然说德语更方便，那就说德语吧”。于是不知不觉间，他们的语言也消失了。但话虽如此，在像立陶宛和拉脱维亚这样的小国，人们也会学习俄语或德语这样的大语种，但立陶宛语和拉脱维亚语非但没有消失，反而一直沿用至今。为什么只有古普鲁士语消失了？各中原因至今还是个谜。

由于M先生的缺席，周三我独自去了太极拳学校。刚走进空荡荡的更衣室，换好运动服，上个星期站在我旁边的那位带有东南亚特征的女性便走了进来，我们的目光不期而遇。

“你好，我叫美砂。”我主动自我介绍。

“我叫罗莎琳德·桑托斯。我还没能完全适应柏林的生活，或许以后还需要你的帮助呢。”她以BBC播音员般标准的英语回答道。可能是我不自觉地流露出了困惑的表情吧，她又用德语补充道：

“我也懂德语，但英语对我来说更简单。”

“你是英国人吗？”

“不，我来自菲律宾，但在英国接受了大学教育。现在是英语教师。”

这时，上周同我说过话的俄罗斯人阿廖娜插了进来，对罗莎琳德说：

“嘿，你能不能教教我怎么发音才能像你一样听起来像是牛津大学的毕业生啊？”

她的语气十分随和，罗莎琳德听了，笑得肩膀都在颤抖。

我忽然想起一个在杂志上读过的故事：一个骗婚

的帅哥，凭一口标准的英国口音就成功地诈取了众多女性的芳心与钱财。

“只要把发音学好，就能听起来像精英一样吗？”我问罗莎琳德。

“我可不是什么精英，只是自己学英语又教别人罢了。”她谦虚地答道。

换好衣服，我走出更衣室，一眼便望见在建筑物入口处，陈老师正在与一名男子愉快地交谈。阿廖娜悄悄凑近我耳边轻声说道：

“那个人看起来超像成龙，不会真是他吧？”

“怎么可能？你昨晚的梦还没睡醒吗？”我说，语气有些责备。

阿廖娜自来熟地搂住我的肩膀调侃道：

“别那么生气嘛，像你这样太严肃了是没有好事的哟。”

“那我这认真的毛病该怎么治？”

“我知道好多处方呢，都可以告诉你。今天下课之后一起喝酒去，怎么样？”

“不行，我不喝酒的。”

“你不喝酒的话，那点啤酒不就行了吗？”

看来对于阿廖娜来说，啤酒不算酒。和早濑共同生活的时候，我也会喝点啤酒或者葡萄酒，但喝完总是贫血。独身之后，我因为担心贫血就变得滴酒不沾了。

太极拳课结束后，阿廖娜拉着我来到车站沿线的一家酒吧，招牌上的店名“科尔哈斯”让我心头一动。我不禁想起克莱斯特的著名中篇小说《米歇尔·科尔哈斯》，仿佛是命运之神以巧合作伪装，悄悄引领我靠近这位文学巨匠。

推开沉重的门扉走进店里。眼前一对腰肢纤细的男女正站着对饮，两人的酒杯挨得很近，几乎就要碰到一起，金色的酒液映照出酒吧的每一个角落。

右斜方的角落里，几个五十岁左右的女性围坐一团。她们桌上的啤酒杯堆得像小山，杯壁的内侧挂着泡沫。吧台前，一个满头白发，头戴贝雷帽的瘦男人正仔细地舔舐杯中透明的液体。

阿廖娜看上去熟门熟路，拉着我直奔吧台。对上调酒师目光的我有些心虚，点了圣母玛丽亚鸡尾酒[1]。

阿廖娜则豪爽地要了伏特加。

“真能喝。”

1　一款无酒精鸡尾酒。

“伏特加嘛，就是小巧可爱的水。”

“什么意思？”

“在我的母语里就是这么说的，我们叫它‘小水水’。”

“俄语对吧？”

“没错。会觉得俄罗斯人打太极奇怪吗？”

“为什么？”

“因为大家都觉得中俄关系一般。但在欧洲人之间，俄罗斯人的太极拳水平可是很高的哟。”

“这我倒不知道。”

“但是比起打太极，我认识的那些女暴发户当然还是更喜欢去养生酒店按摩。对了，你是寡妇吗？”

“不是。他还没死呢。”

“还没”一词多余了，像是在盼着早濑死，于是我赶紧改口：

“他还活着。”

但这句话听上去也像是在开玩笑。

“也就是说，你们等不及被死亡分开，在此之前就离婚喽。”

阿廖娜的话将我从尴尬之中拯救出来。

我和早濑都不是基督徒，所以没有在神父面前许下过类似于“直到死亡将我们分开”的永恒爱情的誓言。直到快离开日本，我们才递交了结婚申请，两家人聚在奥地利餐厅里干杯庆祝，吃了顿午餐就算完事了。没有什么爱情誓言，甚至没有交换戒指。

阿廖娜用伏特加润湿她鲜红的嘴唇，说道：

“我是寡妇。一个生活无忧的寡妇。但除了花钱便无事可做的人生对我来说实在难以忍受，所以还是在工作。”

“什么工作？”

“为想创业的年轻人提供资金支持。”

“噢，真厉害。那你已经扶持了很多年轻的企业家了吧？”

“发展顺利的公司也就四五家吧。”

“比方说？”

“一家生产再生纸手机的公司。”

“原来你是个有环保意识的女企业家啊。”

“其实我本人并不太关心环境问题，但现在做生意，最有机会的就是环保领域。不过也有无关环保的产品。”

“比如？”

“作弊工具套组。一种用特殊布料做成的衬衫，只要用特定的笔写字，肉眼就看不见，但戴上特殊颜色的隐形眼镜就能看见。”

“你只资助年轻人吗？”

“唔，对。因为我喜欢年轻人。”

“收利息吗？”

“就一点点。”

“大概多少？”

“九个百分点。如果开始盈利的话，还要加上销售额的47%。”

“那不是很多吗？”

“是很多，但这是理所当然的。毕竟我不会像银行那样严格审查，只要面试就能贷到款，他们反而感激我呢。”

“真羡慕那些有很多产品创意的人。我完全没有这种才能。”我故意这么说。

我的脑海里闪过一个怀疑——莫非阿廖娜是想问我邀请我一起投资才邀我出来喝酒的？不过事态发展却恰好相反，她似乎突然发现我有被她投资的潜质。

“你看起来很老实，但其实是那种会搞大事业的类型。我很擅长发现别人的潜力。我以前还做过占卜呢。你的星座是什么？”

“天秤座。”

“果然。我就知道。你是那种会把金条放在天平上称量的，谨慎行事的人。”

“不是。我是那种总是犹豫不决，常常失败的人。”

“你现在做什么工作？”

“翻译。”

这是个不怎么赚钱的工作，我本以为会被她嘲笑，没想到阿廖娜的眼睛却亮了起来，说：

“我也做过几年翻译。”

我大概露出了非常惊讶的表情。阿廖娜笑着说：

“你以为我是典型的俄罗斯暴发户吗？虽然我看起来是这样的，但在学生时代，我也是谈过好几个不上道的诗人男友的，我很喜欢曼德尔施塔姆。”

“你翻译过什么？诗吗？”

“不是诗，是历史书。伏尔加德意志人的历史。虽然完全没卖出去就是了。伏尔加德意志人是十八世纪从德国迁居到俄国的人，他们的很多后代在戈尔巴乔夫改革之后回到德国生活。”

“我很想读读看。”

“难道你有兴趣？”

“你可能不信，但我现在确实对这个话题很感兴趣。我最近得到机会和一个在东普鲁士长大的德国人聊天，他的家人也是在战争结束前不久搬回德国的。”

我没有说那个人就是M先生。

“从东欧被赶出来的德国人可多得很呢。如今的德国社会几乎就是由他们所组成的，但我翻译的书怎么就没卖出去呢？”

她毫不犹豫地使用了“赶出来”这个词。

之后我们聊了一些琐事就分别了。

回家的时候，我看到M先生家的窗户透出灯光。窗帘泛着柔和的乳白色。M先生大概正和他刚刚结束长途旅行的伴侣坐在客厅的沙发上聊着天吧。

每天早晨，闹钟都会在同一时间响起。虽说是同一时间，但我又总觉得每天早晨它都响得比前一天更早一点点，于是便想着再在床上多躺一会儿。

一如往常，我煮好了咖啡，又削好了五支铅笔，坐在电脑前，准备开始工作。而有别于往常的是，我开始注意起自己的坐姿。像陈老师教的那样，既不弓背，也不过分挺直，而是让上半身的重量完全落在骨盆上，就一直保持这样的坐姿。

我并不喜欢“正确的姿势”这个词。中学的时候，有一个长着棉花糖似的脸、戴着黑框眼镜的老师。他总是一边上课，一边慢慢绕着教室走动，并提醒学生“姿势坐正”或者“背挺直”，我感到一阵反感，于是朝着坐在过道另一头的女性朋友小声说道：

“这里又不是军队。追求和平的人都应该驼背。”

尽管我的声音很小，却还是被老师的“顺风耳”听到了，他严厉地质问道：“你所说的追求和平的人指的究竟是谁?”

教室里一片寂静，我脱口而出：“嬉皮士。”

出人意料的是，老师突然哈哈大笑起来。他感慨万千地说：“亏你还知道嬉皮士那种以前的事呢。那时候真好，真是个好时代。”同学们都愣住了。

作为一个中学生，我之所以会对嬉皮士感兴趣，是因为镇上新开了一家名为“花之子”的进口服装店。橱窗里展示着喇叭裤和鲜花图案的棉质女衬衫，我一见钟情，用积攒的零花钱买了下来。

看完店员递给我的宣传册，才知道这原来是反越战的美国年轻人们的时尚。原来还有反战的时尚啊，我感慨不已。

我摒弃杂念，开始工作。这次的工作是翻译一份关于东德时期日常生活的资料，但并非逐字翻译，而是要尽可能地概括要点。这些日常生活的内容被细分为“住房”“饮食”“服饰”“婚丧嫁娶”等条目，其中一个特别引人注目的类别是“色情文化”。我一直对这个主题充满了好奇，于是今天首先阅读了这部分的内容。

东德时期，当局严厉打击从西方诸国走私进来的色情杂志和录像带，但与之相反的，对于裸体艺术却十分宽容，甚至形成了在湖边或森林里举办裸体派对并相互拍摄裸体照片的独特文化。资料提到，有超过一百五十部在当地拍摄的业余裸体录像被保存在公共档案馆中。

虽说接下这份工作是为了维持生计，但做起来也有不少乐趣。但这里面也藏着陷阱，那就是：虽然这些工作并不是我内心最渴望的，但因为很有趣，所以有时会觉得“就这样做着也挺好”，于是岁月就在这类工作中悄然流逝了。倒不如去做那种让我感到既痛苦又毫无意义的工作，靠它维持生计，并在日复一日的劳作中不断拷问自己是否真的甘心就这样过一辈子。下午我会翻译克莱斯特的小说。这样至少能让我勉强地把未来想要前进的方向留在视野当中。

至于正在翻译的克莱斯特的短篇小说的标题，我初步将其译为“洛迦诺的女乞丐”，但又觉得“女乞丐”这个词在日文语境里略显别扭，因为“乞丐”虽然是个古老的词汇，但在现代社会里可能带有一定的歧视意味，我查了一下，互联网建议将其替换为“无家可归者”更为稳妥，但“无家可归者”一词更多描述的是一种没有住所的状态，但“乞丐”则特指以乞食为生，两者的意义并不完全吻合。

在《洛迦诺的女乞丐》里，女乞丐虽然得到了城主的妻子为她提供的住所，但小说却并没有明确提及她是否接受了物品的资助。因为没有住所所以留宿城堡，或许应该称呼她为无家可归者吧。并且她的女性身份也颇具意义，于是我倾向于将标题改为“洛迦诺的女无家可归者”。

克莱斯特是这则短篇小说的作者，他在德波边境的一座城市出生，这座城市在德国分裂时期归属于东德，虽然名字叫法兰克福，但不是美因河沿岸的有国际机场的那个法兰克福，而是位于奥得河沿岸的法兰克福。1800年的夏天，克莱斯特开始了自己的游历，不仅是在德国，还去到法国、瑞士、意大利等地。“洛迦诺的女乞丐”的故事发生在阿尔卑斯山脚下的小城洛迦诺，如今属于瑞士意大利语区。

在洛迦诺的一座历史悠久的城堡里，住着侯爵夫妇及其仆人。侯爵虽然亲耳听见了幽灵穿越房间的脚步声，但却固执地不愿意相信自己的城堡里真有幽灵出没。不久，一位想要购入城堡的骑士来访此地，侯爵于是安排他住进女乞丐去世的房间，尽管当夜侯爵夫妇在楼下的卧室安睡，但他们的内心被恐惧占据，暗暗忧虑着幽灵之说或许并非空穴来风。半夜时分，当骑士被惊醒并惊叫着有幽灵时，侯爵的心底是否也悄然涌上了一种“果然！”和“怎么会？”交织在一起的复杂感受，并因此而困惑呢？

“侯爵受到了惊吓，出于他自己也不清楚的理由，他装出一副爽朗的样子对骑士微笑；他迅速起了床，为了给骑士壮胆，他提出要和骑士一起到那个房间过夜，可骑士却请求侯爵允许他在侯爵卧房的扶手椅上过夜，天一亮，骑士便让人备好车马，匆匆忙忙地踏上了旅程。”

说起欧洲的骑士，他们就和日本的武士差不多，但这位骑士却毫不掩饰自己对幽灵的恐惧，慌慌张张地逃走了。很真实，很好。

电话响了。是苏茜。

“抱歉。打扰到你工作了吗？”

“是啊，我在工作。但我欢迎你来打扰。正好因为幽灵出没，有一桩买卖城堡的生意泡汤了。”

“你要买城堡？”

“不是我，是意大利的骑士。我在翻译克莱斯特的小说呢。”

“是骑士时代的故事啊。真是不可思议，虽然现在已经没有骑士了，但幽灵却时不时还会出现。就算发明了机器人，就算去到了月球上，就算互联网如此发达，幽灵也从来没有消失过呢。”

“或许幽灵是人类文明的支柱。”

“比方说，在决定要不要租房的时候，我认为最重要的一点就是考察房子会不会闹鬼。我本来在你搬家之前就该告诉你的，但我忘了，抱歉。”

“为什么要抱歉？”

“其实，据说你现在住的房子以前闹过鬼。”

我忍俊不禁，问道：“谁说的？”

“只是传闻而已，不过你不信这种说法的吧？”

“也不能说完全不信。你能不能详细地和我说说这房子之前住过哪些人？”

“有机会再说吧。我打电话是想问你，你有没有推荐的好牙医？”

“你牙疼吗？”

“我昨天牙疼得一夜没睡。本来早就该去看了，但以前的牙医年龄大了，已经退休了，我一直在找新的，但新的又不好找。”

“你可以上网查查啊。”

“是啊，但看完网上的评论，我反而害怕得不敢去看任何医生了。网上的好评都很生硬，就像是自己写的，而恶评则多得就像是诽谤中伤。还有很多评论说医生是虐待狂。我觉得不清楚底细的牙医比幽灵还更恐怖。所以我想问问你有没有熟悉的牙医。”

我对苏茜说，我会问问其他人然后再联系她，然后挂了电话，但一时之间也想不到该问谁。我的大脑已经被关于幽灵的念头占据了。

就像是在进行一场寻找幽灵的巡逻一般，我在家中四处踱步，仔细审视着那些阳光无法触及的阴暗角落，墙上的污渍以及地板上的黑点。由于没有发现任何幽灵的踪迹，我打算去泡杯茶。然而我才刚踏进厨房，就看到一个七岁左右的、留着金色发辫的小女孩，背对着我，就站在那里。那不就是阿廖娜送我的软糖包装纸上印着的女孩吗？座敷童子是有点吓人的，但这个女孩却像俄罗斯绘本的插图一样，一点也不恐怖。如果她稍稍转动一下脖子，我或许就能看到她的脸，我想那眼睛一定是碧绿色的。然而，就在女孩转身的那一瞬间，她的身影便被光线所分解，随即消失不见了。

我一面回味着M先生的话——“在第二次世界大战中，俄罗斯的死亡人数比其他任何一个国家都多”，一面回到桌前，试着在网上搜索各国的死亡人数。我过去认为日本肯定是死亡人数最多的国家，因为遭受了核爆。当我用日语在输入框里敲下“第二次世界大战死者数”后却注意到，搜索结果中的“死者数”一词在不知不觉间变成了“人员损失”。难道“死者”是含有歧视意味的表达吗？建筑遭毁，就将其称为“财产损失”，生命逝去，就将其称为“人员损失”，听起来似乎客观公正，但我又觉得，这种表达似乎是将人与物品置于同一衡量尺度上。显示屏上，不仅“死者”变成了“人员损失”，“日本”也变成了“大日本帝国”。

资料显示，在那个曾被称为“大日本帝国”的国家，死亡人数大概在二百六十二万至三百一十二万之间。我当然明白，这种统计数据可能会随着新的研究的出现而产生变动，但至少今天我搜出的是这个数字。美利坚合众国的死亡人数是四十一万，尽管如此，也是冰冷到足以使泪水冻结的数字了。而当看到苏联的死亡人数竟高达两千一百八十万至两千八百万时，我简直不敢相信自己的眼睛。

这意味着苏联消逝的生命是日本的十倍之多。不对，当时不叫“日本”，叫“大日本帝国”，它不仅在欧亚大陆上侵占了大片土地，还占领了太平洋的众多岛屿。在那些地方，也有无数人失去了生命。统计死亡人数无疑是一项艰巨的任务。

我胸口发闷，于是逃向厨房，为自己泡了一杯混合了洋甘菊、茴香、椴树花、豆蔻与玫瑰茄的草药茶。喝着茶，我平复了心情，调整好呼吸，再次回到了那台毫无感情地罗列着死亡数据的屏幕前。

除了死亡人数，屏幕上还列出了死者占总人口的比例。表格显示，波兰总人口的两成在战争中牺牲，也就是说，五个人中就有一个人死去。明明不是他们自己发动的战争，却遭受了这样的苦难。根据统计数据，这个比例是日本的好几倍。当然，所有这些数据都是在特定的条件下，基于当下的研究所能获知的范围得出的。但即便如此，波兰的死者比例高出日本许多，这似乎是一个事实。然而，就算是在日本国内，死者比例也并不均衡。冲绳的死亡率超过了波兰，每四个人中就有一个人死去。当然，这也只是众多统计数据中的一个，准确与否尚不可知。但我又觉得，这些数字对于打破基于无知或偏见而形成的、对历史的固化认知很有必要。

暂时停下自己与统计数据的“四目相对”，我走到窗边站定。窗外，风正在掌掴瘦弱的白桦树，落叶随风飘散，或许，将各国死难者的人数进行简单的比较，本身是一件毫无意义的事。那些散居在世界各地的犹太死难者，他们的死亡又是如何被统计的呢？刚刚冒出这个念头，我就迫不及待地想要知道答案，于是匆匆回到电脑前，开始在网上搜索，结果发现欧洲大约有六成的犹太人都不幸牺牲。“六成”，看到这个字眼，我立刻展开了想象：一个三口之家，其中的两个都死了，只剩自己存活下来。

我不仅用日语搜索，还查询了德语和英语的相关网站，结果发现，不同的语言，死难者人数的统计数据也有一定不同。大概是因为参考资料的来源有所不同吧。但无论哪份统计数据，都明确地显示，苏联的死难人数远超其他国家；不是俄罗斯，是苏联，因为乌克兰和白俄罗斯的大量牺牲者都被算进去了。

这之后又过了大约三天，门铃突然响了。打开门，是M先生。今天的M先生的气质与往常有些不同，或许是因为他那条植物染色的围巾，系法不经意间流露出一种优雅。

“我下次可能没办法去参加太极拳训练了，所以提前来跟您说一声。”

“是因为您的伴侣回来了吗？”

“如果只是因为这个，倒也不至于缺席太极拳的训练。其实是他计划去波兰旅行，我决定陪他一起去。”

“那你们打算待多久呢？”我好奇地问。

“还没确定具体时间。暂时打算待两个星期左右吧，但也可能会根据情况延长。这期间太极拳就只能休课了。”

“嗯，明白了。那回头见——”

我正打算干净利落地和他告别，脑海中却突然闪过一个念头：

“对了，我正在看第二次世界大战期间的死者人数。真是被吓到了。之前我竟然不知道苏联牺牲了这么多人。虽然从人口比例来看，波兰的死者更多。原子弹造成了大量日本平民的死亡，但苏联的牺牲者还是远远超出了我的想象，明明是德国先发动的侵略战争。我还以为经历过核爆的国家的伤亡人数肯定排第一名呢。”

因为话题很沉重，所以我特意使用了“第一名”这样的俏皮字眼来试图缓和气氛，却因为嘴唇僵住，不能顺畅发音，搞得眼泪在眼眶里打转，差点就要流下来。而M先生则与我正相反，他的表情在听到“波兰”一词时变得凝重，在听到“第一名”时化为了笑容。

“说起‘第一名’，我就想起了一段往事。战后，我们曾举办过看谁最饿的比赛，谁赢了就能获得一副吊裤带。因为大家都饿得皮包骨头，裤子都快挂不住了，所以奖品才是吊裤带吧。德语把这种幽默称为‘绞刑架下的幽默’。您有听过您的祖父母在战后挨饿的故事吗？即便没有亲耳听过，在小说里也应该读到过类似的情节吧？”

“嗯，听过的。比方说在红薯稀粥里加野草充饥，还有跑到山里拼命找橡子之类的。”

“您现在有空吗？想不想来我家喝杯咖啡？”

我们二人年龄不同，人生轨迹也迥异，但一旦聊起天来，却有说不尽的话题。听M先生说话，就像给大脑做一次按摩，因为思维得到了极其舒适的刺激，所以话题也是层出不穷。说不定我们的脑电波真的特别契合。一走进M先生的家，我就闻到了古龙水的香气。

“很多俄罗斯人都是在苏德战场牺牲的。”

M先生的声音伴着研磨咖啡豆的声响传了过来。

“我越看统计数据脑子越乱。所以死者并不仅仅是俄罗斯人，而是包括了整个苏联境内的人，有犹太人，有那些生活在远东的人，有中俄边境的少数民族，对吧？所以同理，德意志帝国的死亡人数也是包括了当时居住在被其侵占的领土上的人，那么，犹太人也被计入其中了吧？”

咖啡机的声音停了。

“要以怀疑的态度对待统计数据，被怀疑才是统计的真正意义。不能盲信统计数据。”

“您的意思是数字本身不可信吗？”

“不是，我认为数字本身无罪，问题在于人们如何去统计和使用这些数字。我们最好对统计数据在我们的头脑中所唤起的那些叙事保持清醒。”

“叙事？”

“比方说，有一个统计数据显示，已婚人士比未婚人士寿命更长。”

“嗯。”

“可能就会有人因此去结婚。但如果我们进一步分析，就会发现未婚女性比起已婚女性来寿命更长，而男性则相反，已婚男性比未婚男性更长寿。数据的隐藏和展示本身就包含了重要的信息。”

“为什么已婚男性会更长寿呢？”

“可能是因为妻子们总是不厌其烦地提醒丈夫，叫他们‘快去看医生’或者‘喝酒要适量’吧。这些叮嘱对于妻子们来说是压力，甚至缩短了她们的寿命，但丈夫们却得益于此，更加长寿。在我们家，虽然只有两位男士，但出于公平，还是每周都会轮换角色，轮流扮演理性的妻子以及她那个讨厌就医、过量饮用红酒的丈夫。”

M先生开了个玩笑，然后爽朗地笑了，接着又恢复了严肃：

“按国别对死者进行统计，可能这种想法本身就有错。”

“我也是这么想的。有的人在德占区参军并战死，之后却被归类为德国的阵亡者。一定会有人因此不满，于是化为幽灵，出声控诉：‘别把我算成德国的鬼！’”

“没错。但统计死了多少有德国基因的人也是毫无意义的。本来就不存在所谓的德国基因，因为从前压根就没有这个国家。”

“这么说的话，又该怎么进行统计呢？”

“关键不应该是如何使用这些统计数据吗？如果有人一味地强调滞留在西伯利亚的德国人[1]死了多少，那对等地也应该列出有多少苏联人在与纳粹德国的作战中死去吧。数字只有在特定的对话中才有意义。想要借此传递的信息也很简单——冷静点，别杀人。对了，您家里有没有亲戚是战死的？”

“没有。”

“我也是。尽管战争害我们经历了极其艰辛的岁月，但我家的亲戚没有死于战火的。去参加同学会，我也发现了，虽然大家都自称战争的受害者，但好歹都还活着，并且再一问，每个人的亲戚也都平安无事。相比之下，我接触过的所有俄罗斯人都在战争中失去了家人或者亲戚。虽然说这个观察在统计学上可能不

1　指的是二战后被苏联俘虏、遣送至西伯利亚等地从事劳役的德国战俘。

具备普遍性意义，但我觉得这绝非偶然。”

“那您的父母是……”

被我这么一问，M先生的脸上闪过一丝惊讶的表情。

“算是病死的吧。”他说。

我按捺住想要进一步追问M先生双亲死因的冲动，没再说话。M先生巧妙地转移了话题。

“如果您有机会和俄罗斯人聊天，可以问问他们家里有没有亲戚是战死的。”

我决定下次见到阿廖娜问问看。

“其实太极拳班上也有一个俄罗斯人。您还记得我们第一次去上课时，那个妆容浮夸的、穿着运动服的女人吗？”

“啊，记得的。她穿着大红色的运动服，练习完之后又换上了天蓝色的马海毛毛衣。”

没想到M先生竟然如此清楚地记得阿廖娜的穿着，我有点吃惊。

“她叫阿廖娜，好像是圣彼得堡人。”

“其他人都是哪儿的人呢？”

“还有一个来自菲律宾女人，您记得吗？她的英语非常好，叫罗莎琳德·桑托斯。哦，对了，前几天我还看到陈老师在门口和一个好像是她同胞的男人聊天。”

“那人也是学生吗？”

“不是，他跟陈老师很亲密地聊了几句就走了，可能是她丈夫吧。”

“还有什么人来上课吗？”

“还有一对夫妇，妻子怀孕了。就是那天体验课迟到的那对夫妇。”

喝完了咖啡，我和M先生告别，回到家后便伏案继续翻译。然而“俄罗斯”和“波兰”这两个国名始终在我脑海中回响，我想逃去别的地方，到南方，到南方的南方去。

《洛迦诺的女乞丐》的作者克莱斯特的生命历程跨越十八世纪与十九世纪之交，在那时，还没有意大利和德国的概念。尽管对于我来说，“德国”作为一个国家的存在是如此理所当然，但说不定两百年后的未来，欧盟全面统一，成为全新的国家实体，那个时候的我可能又会带着难以置信的表情笑着说：“哦，原来欧盟以前是由像德国和法国这样的小国组成的呀。”

提到二战，我记得早濑的朋友在回国时留下一本绘本，应该还在某处。那是从疏散到諏访湖畔的孩子的视角观察战争的绘本。应该没有在搬家时丢掉。书的开本很大，我记得是和展览会的目录放在一起。我的视线在书脊上游走，不久便找到了。

说是绘本，但却是画给成年人看的那种。主人公名叫花江，被疏散到诹访湖附近。她坚信自己的国家会赢得战争，因为这是老师教她的。有一天受了欺负的花江一个人跑去神社，她看着小溪，没想到水里的小龙虾却爬了上来，对她轻声说道："这场战争会死很多人。"花江吃了一惊，随即在她稚嫩的心中悟出了一个道理：原来是这样啊。问题并不在于胜负，不管是输是赢，只要有人死去，就会有人悲伤。

自那之后，花江就不再说话了。她会在寒冷的清晨起床，把被褥叠得整整齐齐，帮尿床的低年级小孩换尿布，清洗尿湿的内衣和睡衣。她在冰冷的空气里挥动手臂做操，喝用野草和芋头煮成的粥。

花江的老师一如既往地重复着："我们国家一定会赢的，大家再坚持一下。"但不只是花江，越来越多的小孩都不再相信老师的话了。他们开始问："如果我们输了怎么办呢?"老师低着头回答说："如果输了，大家就一起跳诹访湖吧。沦为敌人的人质是耻辱的，所以要在那种情况出现之前自我了断。"

然而有一天消息传来，苏联向日本宣战了。年幼的花江虽然完全不理解这个消息的政治含义，但却直觉地感到“完了”，一屁股坐在地上。想着，都怪苏联，都是苏联的错，流下了眼泪。彼时的绝望深深地与“苏联”一词融合在了一起。战后，花江进入大学，偶然间认识了一位苏联青年。

读到这里，我感到一股疲惫汹涌而至，便合上书本，像胎儿一样蜷缩在沙发上。我就这样静静地躺着，完全不想起身，也没有任何想吃东西或者外出散步的力气，就只是这样，化为一摊泥。

“放点音乐听听呗，生活里没有音乐，大脑要发霉的。”CD机对我说。

我猛然回过神来，回了一句：

“少管闲事，还没听说过哪个翻译家靠音乐找到合适的用词。”

“那只是因为他们不肯把秘诀泄露给竞争对手。其实大家都是边听音乐边工作的，不知道这事的恐怕也就你了。”

“哼，CD不过是复制品，里边的音乐都是二手货。在克莱斯特的时代，所有的音乐都是现场演奏的，原汁原味。音乐必须是现场演奏的才行，一旦经过复制，价值减半。”

但CD机也不甘示弱：

“没错，那时候确实是在教堂里听合唱队和管风琴。但你不是个连教堂都不愿意去的懒虫吗，不如就老实在家听点教堂音乐的CD。”

“我没有那种CD。”

“你有很多巴赫的CD啊。”

“巴赫的时代和克莱斯特不同啊。”

“这一点你不用说我也晓得。巴赫的时代比克莱斯特早得多。所以说，就算克莱斯特听过巴赫的音乐也不奇怪。”

我不情愿地站起身，吧嗒吧嗒地翻找着自搬家以来便随意堆在架子上，还完全没有按作曲家分类的CD。即便是巴赫的作品，我也不想听那些好似透过彩色玻璃窗照进室内的圣光似的和弦。我需要的，是散发着一丝魔鬼气息的音乐。我随意抽出一张CD，打开，封套里的字眼跃入眼帘——“愤怒吧，灵魂！”我几乎就要以为这是《洛迦诺的女乞丐》里的台词了。定睛一看，才发现自己眼花了，封套上写的不是“愤怒吧，灵魂！”而是“息怒吧，灵魂！”。

宗教是不会呼唤愤怒的，相反地，它呼吁放下愤怒和怨恨，宽恕他人的过错，重拾内心的平静。也许对洛迦诺的女人呼吁“息怒吧，灵魂！”会更合适。她因遭遇恶劣的对待而死，屡次化为怨灵现身。如果她听见从教堂里传来“息怒吧，灵魂！”的歌声，是否会宽恕侯爵的罪过呢？也许将洛迦诺的女乞丐的命运翻译出来，也能算作一点祭奠吧。

我坐回书桌前，继续翻译克莱斯特的短篇小说。

“这件事引起极大的轰动，很多买家都因为害怕打了退堂鼓，使得侯爵极其烦恼。更令他诧异的是，连仆人之间也流传着夜半闹鬼的谣言。为了从根本上消除这个谣言，侯爵决定在第二天夜里亲眼确认一番。天色渐暗，他让人给自己在那个房间里铺了床，警醒地等着午夜十二点的到来。然而，当魔鬼的时刻敲响，当侯爵确实听到一些难以解释的声音时，他的内心是多么慌张啊！他身下的稻草发出沙沙声，仿佛有人从上头坐了起来，穿过房间，走到壁炉后方，深深地叹了口气，呻吟着跌倒在地。”

这幽灵为什么不说话，只是用声音和呻吟来提示自己的存在呢？我不解地想着，至少该报上姓名才是，忽然又意识到，这个女人的名字在生前就是无人知晓的。她的名字，没人曾经想要知道。

忽然意识到自己又弯腰驼背了，我于是重新打开肩膀，挺直了胸膛。想象自己是一只张开翅膀准备起飞的鸟。然而胸又挺得过了头，背部弯成了反曲的弓形。我记得陈老师说过，这样也是不对的。上半身的重量应该稳稳地落在骨盆正中，就像被一根从天上垂下的线，从头顶的发旋处垂直地吊起，必须时刻保持意识，背部才能自然挺直，千万不能把背当成机器的一部分生硬地绷直。

之后的星期三，我去了太极拳教室。怀着宝宝的克莱尔带来一个新人。她拉着那个穿着天蓝色运动装的男人来到我面前，介绍道：

“我说过我们已经结婚了吗？我是克莱尔，他是克雷奥。因为我们夫妻名字很像，所以他有点害羞。”她介绍着，满脸的忍俊不禁。

“因为名字很像所以觉得害羞？有点奇怪，但好像也可以理解。”

“有一次参加派对，有人说克莱尔和克雷奥听起来就像《魔笛》里的帕帕盖娜和帕帕盖诺。他本来就不擅长社交，在这之后就更讨厌派对了。”

“我其实不讨厌派对。”克雷奥轻声抗议着。

在我看来，他的长相有点像米开朗琪罗的大卫像，跟《魔笛》里的小丑形象完全是两模两样。但克莱尔开朗地无视了丈夫的发言，话语继续如涟漪般荡漾开来。

“我们家附近的孕妇体操太无聊了，所以虽然有点远，但我们还是决定来这里练太极拳。听说太极拳对孕妇特别好。”

听到这里，克雷奥低声嘟囔道：“我又不是孕妇。”

一个带着南德口音的女士插话道：“孕妇体操通常是夫妻一起参加的哟。”

这个女人的包里隐约飘出一股焦糖的香味。我记得她的名字大概是贝克尔，要么就是楚克尔。正想着，一个开牙科诊所的女士走近克莱尔，对她说道：

“您有在好好补钙吗？有些人的牙齿在生完孩子之后会变得很脆弱哟。”

牙医名叫“奥莉安”，名字可能是她自己取的，或许是为了致敬猎户星座。[1]大学时代，和我同一个研讨班的还有个自称“北斗星”的女生。她告诉我，如果别人用她父母给她起的名字叫她，她就会想起自己小时候，想起自己为了做优等生而承受了种种压力的

1　牙医的名字是Orion，意思是猎户座。

童年时代，就会心律不齐；所以她决定自己另起一个名字。说不定奥莉安女士也曾经承受过来自父母的压力。

比如说她的父母都是医生，要求她也一定要成为医生，为了反抗双亲，奥莉安女士在年轻时做过朋克，每周都参加示威游行，但最终还是成了医生。所以至少，在她的闲暇时光里，她想要暂时抛开父母赋予她的姓名，以一个截然不同的身份沉浸在太极拳当中。当然，这都是我乱猜的。

奥莉安女士虽然面带不易接近的冷漠神色，却经常主动和周围的人搭话。她注意到罗莎琳德英语很好，但德语不太好，就立刻换上英语和她交谈：

“我是牙医，您如果牙痛，随时告诉我。”

听了她的话，我想起来苏茜之前拜托我介绍牙医的事。

“我的朋友正在找牙医。”我用德语插嘴道。

谁知道奥莉安女士脸色忽然一沉，瞪着我说：“我稍后会给您名片，请按照上面写的时间打电话联系。”

我猜奥莉安女士可能确实是在父母严厉的管教之下长大的。这就是为什么她说英语时显得随和，但说回母语德语就会变得严肃。

太极拳的练习结束了，奥莉安女士在更衣室递给我她的名片。上面印着变成了宇宙飞船在星辰间穿梭的臼齿，这设计意外地透露出一丝童趣。

“打这个电话预约就可以了吧？我有个朋友牙痛，不过她坐轮椅，没问题吗？”我小心翼翼地问。

听到“轮椅”一词，奥莉安女士严肃的表情放松了，变得温柔起来。

“当然没问题。同一栋楼里还有间外科医院，所以有很宽敞的电梯，连运送病人的床都能进。打电话预约的时候，请提一句是通过打太极拳的您推荐过来的。我会尽力安排的。”

解决了牙医的事儿，我正打算回家，阿廖娜从后面追了上来。她想邀请我一起去喝一杯。我有点犹豫。

“老是和你一起，我可能会酒精成瘾。”

“你这种情况，顶天了也就是个番茄汁成瘾。”

“我可以陪你去，但四十分钟后我要回家。”

“四十分钟？还定得真细致。干脆定四十二分钟怎么样？”

酒吧里还是那个调酒师。犀利的眼神，冷冷的蓝眼睛，分明的下颚线，没有一丝赘肉。因为我一直盯着调酒师的侧脸，阿廖娜靠近我的耳边低声说：

“别打他的主意了，他对女人没兴趣。”

我还在考虑怎么回应，阿廖娜又接着说：“不过我理解你的心情。我最近也越来越关注漂亮的面孔了。虽然说把客户的脸视作审美的对象盯着一直看，从生意的角度来说不怎么好。”

阿廖娜给心怀创业梦的年轻人提供启动资金，那笔资金是她从已故丈夫那里继承的。

“俄罗斯人眼中的富豪和我们眼中的富豪，身家差着好几位数。”这是弗莱堡时期住在我家附近的齐贝格女士说的。她饱受踇外翻的困扰，曾向位于巴登-巴登郊区[1]的著名诊所索要宣传册。结果发现上面不仅有德语说明，还有俄语说明，证明这家诊所的俄罗斯顾客很多。宣传册上写道：本院的手术属于整形美容范畴，保险不予报销，但他们保证做出“美丽的双脚”。

因为手术费用高达数万欧元，所以齐贝格女士最终放弃了。彼时的她怨愤地说道，我可不是俄罗斯新贵。所谓“新贵”，也就是暴发户，大多数情况下指苏

1　德国西南部的休闲疗养名城，地名在德语里即“温泉温泉”之意。

联解体时突然暴富的俄罗斯人。新贵虽然有钱，但在西欧的富人看来，他们的时尚品位和室内装饰的取向实在低俗，于是有人便起了个蔑称，叫他们“新贵”。此外，“新贵”一词也隐含着另一重意味，既认为这些人暴富的过程虽不至于犯罪，但应该也相当疯狂。但这并不是说，与之不同的那些坐拥世代传承的财富的富人，他们的财产更具有合法性。再说了，品位属于个人问题，并非只要世代为富，品位就一定不俗。

所幸齐贝格女士运气不错。她有个正在考指压师资格证的德国朋友，告诉她说“在家里一直穿日本的人字拖就能治踇外翻”。本来齐贝格女士就很为江户时代的文化所倾倒，听了这话便立刻找到我，认真地拜托我说，下次去日本的时候一定帮她买一双ZORI[1]。并且让我更吃惊的是，我在巢鸭的商店街买回来的草编底的人字拖，她在家里一直穿着，最后居然真的治好了踇外翻。

一双人字拖只要一千日元，相比起要花费几百万日元的踇外翻手术显然省了不少钱。

---

1 日语“草履”的发音，特指由皮革等软性材料制作鞋底的人字拖，与较为日常化的木头鞋底的人字拖“下駄”不同，“草履”一般搭配较为正式的和服。——编注

但说不定人字拖的效果只是齐贝格女士的心理作用罢了。毕竟江户时代漫长且复杂，各阶层、地域的文化千差万别，但是在她心中，却存在着一个“纯正江户文化”的形象，且认为那是一种美妙绝伦的事物。齐贝格女士总是强调说自己并不热爱日本，而是热爱江户文化。

我还在出神地回忆着往事，突然注意到调酒师正瞪着我，他用眼神催促我快点下单。因为有阿廖娜在一旁盯着，弄得我有点不好意思点番茄汁。

突然间，我想起了某年夏天，我曾在明媚的阳光里喝过的一款名叫“雨果”的鸡尾酒，那是一款被清新的薄荷和酸橙香气包裹的饮品，葡萄酒的香气在碳酸气泡中释放，然后徐徐消散。于是我情不自禁地喊出“雨果”二字。调酒师听到了，没有一丝一毫的表情变化，连头都没点，接着便看向了阿廖娜。

阿廖娜点了一小杯伏特加，然后对我说：

“看来你今晚还是坚持不喝酒啊。”

尽管我想反驳说雨果是含酒精的饮料，但又觉得没意义，毕竟对她来说，连啤酒都不算酒。

这时候，我注意到她的中指上戴着一枚镶有大颗宝石的戒指，在店内的灯光下折射出锐利的光芒。

“真是闪耀得厉害，像真的一样。”

“就是真的。”她回答道。

我吞了吞口水，犹豫着要不要把“钻石”这个词说出口。

早就听说过在苏联解体后，有部分俄罗斯人变得极为富裕。但直到M先生告诉我，我才第一次了解到第二次世界大战中俄罗斯人所付出的巨大牺牲。我们就依据这些片面的信息，对世界进行着主观臆断。

M先生说过：“如果遇到俄罗斯人，可以问问他们家里有没有亲戚在战争里牺牲。”但此刻的阿廖娜正在用伏特加润喉，她的眼睛微眯，显得很惬意。“你家里有在二战中牺牲的人吗？”我是问不出口的。可阿廖娜向我投来了疑惑的目光，为了不让她察觉到我的心思，便问：

“你和年轻的客户有过恋爱关系吗？”

阿廖娜露出一个油腻的笑容，回答说：

“没到谈恋爱的地步，我也没兴趣去恋爱，但我有一个很喜欢的人，叫罗佳[1]。最近我们关系特别融洽，

---

1 俄罗斯男子昵称，与《罪与罚》男主人公同名。《罪与罚》里的罗佳是个贫穷的男大学生，受到放高利贷的老太婆阿廖娜的盘剥后心生不满，因而杀了对方。——编注

甚至会偶尔吵架，越来越亲密了。”

吵架竟然也算是亲密的一种表现，我恍然大悟。我一直小心翼翼地不与任何人争吵，没想到这样反倒让我无法与人亲近。

“那你们都吵什么呢？”

“罗佳说我们这代人是恶魔，为了一些无关紧要的事情，开着大汽车到处跑，乘飞机四处飞，污染空气，毁坏山地和森林，在里面建酒店度假。他说我们从没想过从事开采宝石和地下资源工作的人们的劳动条件。总而言之，我们就是坏事做尽，因为自己有钱而沾沾自喜的恶魔暴发户。”

“所以罗佳要你改过自新吗？”

“他说，像我这种人，根子已经烂了，根本不可能改过来，还不如从一开始就不存在。但我回击他说，如果我不在了，谁给你这种废物男人投资呢？说完我立刻就有点后悔了，不出所料，罗佳非常生气，我们吵了起来。不过吵了一会儿就累了，安静下来的时候气氛一下子变得甜蜜了。其实罗佳也不是发自内心地关心环境问题，不过是为了激怒我而模仿了某些话术罢了。我不介意被叫作暴发户，况且吵架就和烟花一样，没有火药的地方又怎么会有爱情呢？”

我还在思考阿廖娜是否真的爱上了罗佳，她却突然开口：

“你虽然看起来很老实，但要是恋爱了，也会生气，也会大叫的吧？”

说完，她执拗地看向我的眼底。被她这么一说，我忽然想到了，我和早濑也是因为吵架才认识的。那是我第一次顶撞讲师，所以自己也感到很意外，也很忐忑。

“对了，其实我和前夫也是因为吵架才熟悉起来的。在那之前，我从来没有批评过比我年长的人，所以自己也挺吃惊的。”

“为什么年长的人就不能批评呢？是因为他们的职位比你高吗？”

“那时我还在上大学，年纪比我大，就意味着人生经验比我更丰富，所以即便他们的话听上去不太对，我当时也觉得应该听。”

“前辈”“不知天高地厚”“给人添麻烦”“爱出风头”“自以为是”……忽然间，那些在我过去的生活里使用频率很高的话语，就像气泡一样浮出意识的水面，又一个个地破裂消散了。

“这就好比你在上司面前总是谨言慎行，不轻易发表观点。可一旦发现上司对某人有好感，你就再也按捺不住，冲动之下说出了自己的想法，然后引发了争吵。”阿廖娜总结道，带着一种早就见惯不惊的语气。

“在日语里，我们把这种掩盖真性情、假装乖顺的行为叫作‘猫を被る[1]’，披着猫皮的也可能是老虎呢。”

“就像披着羊皮的狼。”

“老虎比狼更可怕吧？”

“但老虎可是会疼爱自己的孩子的。”

“狼也会疼爱自己的孩子。不管怎么说，我和前夫就是因为吵架才拉近了距离，婚后第一年还偶尔会感情用事吵得很凶。但分手的前几个月里，我们几乎不吵架了。”

“就是这样。火焰熄灭后就只剩黑暗，火焰烧太旺又会成灾。我和罗佳现在的火候刚刚好。不久前我们还有过一次拉扯，我倒在地板上。可能罗佳也觉得对这样一个老女人施暴没意义，忽然表情就变得很伤心。他把倒在地上的我扶起来，抱紧我，不停地恳求

1　直译为“披着猫”。

我的原谅，可爱极了。之后还给我泡了加醋栗果酱的红茶。这种味道只有同乡才懂，甜中带酸，又略含一丝苦涩。喝完茶，我的情绪也渐渐平静，同先前那个激动不已的我判若两人。

“然后啊，罗佳也是的。竟然说其实他想扩大事业，问我能不能借点资金给他。我一想到加了醋栗果酱的红茶其实不是出于真心，而是他为了让我投资的演出道具，顿时就气不打一处来。我于是指出，我先前借他的钱还连一次利息都没拿回来过呢。结果他竟然怨恨地瞪着我说：‘你说话别这么傲慢，你能理解什么是生意吗？’我就回他：‘正因为我和你不一样，理解什么是做生意，所以才越赚越多啊。’然后我亮出了一叠比《圣经》还厚的钞票给他看。”

“欸？你家里放那么多现金？”

“没多少，你不用担心，只是一叠差不多《旧约》厚度的钞票。”

我一时想不起来《旧约》到底有多厚，只能暧昧地点了点头。她说的钞票应该不是十欧元面值的，大概是一百欧元，甚至可能是五百欧元吧。总额到底会有多少？我不太敢去算。

我经常听说在家放现金不安全，前几天看电视，看到一个节目，让几个人在家里藏现金，然后找曾经入室盗窃的一个“前”小偷去找出来。节目里的现金并不是厚厚的一叠，而是十几张上百面额的欧元钞票，毕竟多数人从银行一次性提取的现金也就这么多。

第一个人把钞票放进信封，夹在床垫和床框之间，但小偷一进卧室就直奔床去，找到信封只用了二十秒。果然是专业的。

第二个人把信封用胶带粘在客厅墙上挂的油画后面。小偷找到钱只花了三十五秒，他还苦笑着说：“居然还有人用这么古典的方法藏钱，家里挂印象派复制品的，很多都会把钱藏在画后面。如果是抽象画就不一定了。”看样子，他会根据房间的布置来判断屋主的性格，从而分析现金的藏匿地点。最近流行的“犯罪心理画像”技术，不仅警察会用，连小偷也用，我不禁有点佩服。

接下来的人把钱藏在儿童房。只见常年行窃的小偷熟练地摸过一排排玩偶，直到摸到后面有拉链的玩偶熊时，他吹了声口哨，里面果然有用橡皮筋捆着的钞票。找到钱只花了五十八秒。

接着是书房。藏钱的房间里满墙都是书，我本以为一本本翻找得花很长时间，但没想到小偷目不斜视，径直地把手伸向了《圣经》，果然，在圣书中找到了钞票。“如果藏小说里，自己也会忘记是哪本，而且来客翻到的可能性会很大。说到特殊的书，并且是别人不大可能拿来看的书，那就是《圣经》了。”他得意地解释道。

除此之外，还有用胶带粘在抽屉背面，塞进打印机底部等藏钱手段，不过没有一种逃过这位“前”小偷的眼睛。最让我惊讶的，要算小偷走进厨房，打开冰箱，拿出一瓶可乐的时候了。这只可乐瓶能从中间拧开分成上下两截，只有外侧注入了薄薄的一层红色液体，内部有空间，用橡皮筋捆成一束的钞票就装在里面。

退役小偷露出皮笑肉不笑的表情说出了自己的忠告：“最近市面上有卖这些产品的。这些‘新式’的藏匿产品，现役的小偷可是最关注的，所以最好别买新产品。”

这个人可能只是想通过上电视赚钱并享受观众的称赞，但即便如此，他还是利用了自己过去的职业经历为社会做出了一份贡献。

酒吧的灯光起初显得有些昏暗，但适应后竟然觉得意外地明亮。我半是出于好奇，半是出于好意，问阿廖娜："你不担心有人入室盗窃吗？那叠钱藏好了吗？"

她的回答让我很惊讶。

"我放在饼干罐里，搁在架子上呢。"

我愣住了，说不出话。

"这不等于摆明了让人来偷嘛！"

"为什么？"

"你没看过电影《黑暗中的舞者》[1]吗？主角就是把钞票藏在饼干罐里。"

"主角是谁？"

"一个住在美国的叫作莎玛的女人，她是来自捷克的移民，因为有遗传性的弱视所以几乎失明。她在美国的工厂辛苦攒钱，为儿子的眼疾手术做准备，钱就藏在饼干罐里，结果被房东偷走。房东就是警察，可却一点道德心也没有。莎玛去讨钱，两人陷入争执，后来莎玛竟然被控杀人，最后被判了死刑。"

"好惨的故事。但电影毕竟是电影，我的钱绝不会被偷。你喜欢电影？"

1　丹麦导演拉斯·冯·提尔执导的剧情片，2000年上映。

“我确实喜欢电影，也喜欢音乐。莎玛的角色是比约克演的。”

酒精开始在我体内分解，我开始感到在鼻腔深处有种能扰乱人平衡感的暖暖醉意，于是告别了脸上写着“没喝尽兴”的阿廖娜，自己回了家。

我虽然喜欢看电影，但也不会独自主动跑去电影院看。因为朋友邀请我，我才第一次意识到坐在电影院散发着特殊气味的座位里，被丝绒般的黑暗包裹，仿佛被带入另一个世界的快感。此刻这种快感又复苏了，我想去看电影。

星期六的下午，宝拉打来电话，说是在动物园站附近的电影院有一场日本电影上映，邀请我还有罗伯特三个人一起去看。问了电影的名字，她说是叫“某某民谣”，因为那个“某某”是日语，所以是一部日本电影。她说这家电影院最近在举行为期两周的社会福利相关的古今东西的名作放映会。我非常疑惑，名叫“某某民谣”，还和社会福利相关的日本电影，到底是一部什么样的电影呢？

“怎么样？不想看也没关系，可以拒绝。”

“当然想看，没有立刻回答是因为我刚才在想究竟是哪部电影。”我有一个毛病，习惯在打电话时长时间地沉默，其实我只是在思考而已，但电话那头的人看不到我的表情，就会担心。

当天我提前到达了电影院，坐在大厅的长椅上，忽然一张印着“楢山节考[1]”四个汉字的海报映入眼帘。在眼前的这张海报上，汉字只是一种单纯的设计元素，我估计这里的大多数人应该都看不懂汉字，所以似乎只有我一个人注意到了这裸露的汉字，心怦怦直跳。

电影的德语译名叫作“楢山民谣”。我很惊讶。因为“节”在我脑海里，是和“说经节”“浪花节”“索兰节”[2]一类的词保存在一块儿的，但德语翻译竟然使用了“民谣”一词，这个词在我脑中是同“小夜曲”“狂想曲”“奏鸣曲”放在一块儿的一个概念。一根线，从“民谣”一词里长出来，像牵牛花藤似的朝着“说经节”的方向延伸，令人愉快。

电影的译名就像从意想不到方向挥来的拳头。而我却没有这种能将“节”转译为“民谣”的轻捷的功

1 今村昌平1983年执导的电影，改编自深泽七郎的小说。“楢山节”是指电影中虚构的地方楢山的一种民间歌谣；此处“考”的用法和中文相似，指对此事的考据、考察、思考。——编注

2 以上三种均为日本传统说唱曲艺。说经节讲佛法，是古典净琉璃的一种。浪花节用三味线伴奏，歌词讲述人情故事，也称“浪曲”。索兰节则是渔歌，拉网小调。——编注

力。如果翻译是打拳击，那我估计在第一回合就会被打倒。但翻译其实可以更稳重些，就像打太极拳。但偶尔也需制造脚底离地腾空的瞬间，否则就无法实现从“节”到“民谣”的跳跃。我还在思考着这些，宝拉和罗伯特已经迈着跳舞似的步伐出现了。我们简单地交代了彼此的近况，罗伯特突然说道：“这家电影院的爆米花特别好吃。”

说完便转身迅速走向小卖部，根本不给我时间确认爆米花是否在不同影院有不同的味道。

宝拉问我：“想喝点什么吗？”我想点Bionade，但舌头不听使唤，说成了Berlinale。前者是德国的一种碳酸饮料，名字取自柠檬水的德语对应词Limonade，而后者则是柏林电影节的简称。两个词的意思毫不相干，但发音却很相似。宝拉笑着说：“那以后我们也一起去柏林电影节吧。”我感受到了宝拉的温情，她没有忘记细心地为我们的友情编织通向未来的纽带。

电影开场不久，我便感到些许违和感，我自己也不知道为什么。电影的背景显然是极度贫困的村庄，生活大概是勉强能维持饿不死的水平。然而我却感觉银幕上的年轻演员拥有象征着泡沫经济时代繁荣的，闪耀着光泽的肌肤和健康的肉体。

有句话叫作“和画里画的一样穷”，但“贫穷”像画似的清晰显眼的部分是很少的，更多时候，“贫穷”是不起眼地隐匿起来的，疲劳得连将贫穷展现出来的活力也没有。

电影所刻画的贫穷有一种惹眼的野性。如果贫穷真如电影那般具有野性美，那现实生活中我们的目光也一定会被贫穷所吸引。

但实际上，真实的贫穷要么难以被看见，要么悲哀得看见了也会想要挪开视线。电影所展示的，是足以引起观众羡慕的贫穷。即时勃发的性欲，不受名誉和地位束缚，从肌肤、眼神和嘴唇中涌出来。性能极好的镜头还拍到了一只雄蛙趴在雌蛙身上的画面。

弟弟和狗交媾的情节出现时，观众都屏住了呼吸；之后出现的吃蠕虫情节，就算四周一片漆黑，我也能感觉到许多人被扼住了喉咙。当偷窃红薯的一家人被村民用网子套住并活埋的画面出现时，我更是感觉批评的箭矢从四面八方朝自己飞来，刺进皮肤里：“你们真是这么残酷的民族吗？”

电影结束了，宝拉和罗伯特的脸色凝重，似乎也没了继续出去喝一杯的心情。于是我提议：“要不要在影院的自助餐厅里稍微喝点东西再回家？”我不想带着这样的压抑独自回家，想通过和他们聊天舒缓情绪。

在自助窗口排队等候的时候，我们三人都在沉默中反刍着电影的画面。宝拉和罗伯特各点了一杯白啤，我则点了苹果汽水。也许是啤酒舒缓了舌头的紧张，罗伯特慢慢开口说道：

“前几天我看了路易斯·布努埃尔的纪录短片《无粮的土地》，我很惊讶原来百年前的欧洲居然还有那么贫困的村庄，比今天电影里的日本村子还穷。但欧洲却并没有形成日本这样残酷的国民性。”

我有点生气了。

“你说的残酷是什么意思？”我问。

“因为村里人居然将偷粮食的人活埋了啊，还把老人扔到山里，实在太残忍了。”

“是老妇人自己说要上山的。”

似乎是要安抚罗伯特的激动，宝拉轻抚着他的手臂说道。

“可也有老人不愿意去啊。而且自己寻死这种事情才更可怕吧。现在依然有贫困的人生活在南美，但也没有这么残酷的风俗，自杀的人也很少。”

“可能在古人的观念里，自杀并不是真的自杀，而是前往山神的所在吧。老妇人阿玲可能是觉得，比起在丧失劳动能力之后活着被人厌恶，还不如去往热烈地迎接自己的山神那里更好。”

我并不确定这究竟是不是自己的真实想法，但还是忍不住站在阿玲的角度替她辩护起来。

“但电影里的村民们其实都知道山神是不存在的吧。更何况，将失去劳动能力的人的生命与具备劳动能力的人的生命进行轻重分别，这本身就是错的。”

罗伯特越说越激动，宝拉将手掌搭在他的额头上，像是要替他降温：

“以前还有人认为贵族的命比平民的更有价值，男命比女命更值钱呢。这难道不过分吗？明明女性的生命更重要，罗伯特，你当然也是这样想的对吧？”她半开玩笑地说道，试图缓和我和罗伯特之间不断升级的讨论。

我们三人沉默了一会儿，虽然不至于尴尬，但谁也不知该将讨论的舵把转向何处。最后还是宝拉不经意地开口了：

“路易斯·布努埃尔拍摄的贫困人群的样子也让我很受震撼，因为营养不良，他们的扁桃体功能变得很差，只能双眼呆滞地坐在路边。但《楢山节考》里的人们却显得那么有活力。”

听完这话，罗伯特的愤怒再一次复苏了。

“没错，他们那么健康，少吃点就能养活那个老太太了吧！他们还能跑，还能搬动重物，还能大喊大叫，真挨饿的人哪能做到这些。这些年轻人要自己吃得饱饱的，却逼一个健康的老人去自杀，太过分了。”

“但这也不是国民性的问题啊。”我脱口而出。我有时候会有这样的情况，想法尚未成形，话就已经脱口而出了。

宝拉把手放在我的肩膀上，不住地点着头说：“没错，用国民性一词来解释确实不对，说得好像是国家决定了每个人的性格。”

罗伯特仿佛失去了自信，放低了嗓音，像是自言自语般问道：

“但如果不是国民性的话是什么呢？总不能是气候的问题吧。”

说完，罗伯特轻轻地晃了晃啤酒瓶，瓶子里已经空空如也。看着他一脸意犹未尽的表情，我于是建议他再来一瓶。但宝拉却代他回答了：

“我们两个都已经喝得够多了，现在回家睡觉吧。”

我很累了，就仿佛是刚刚爬上楢山，又沿着来路返回，终于走回了山脚似的。

回程的地铁上，我想起来家里有一本关于姨舍山的书。真是奇妙，在我决定不扔那本书的时候，绝对没想到会在柏林看到《楢山节考》的电影。在我不知情的情况下，命运之蛛正在不断织网，不论我走向何处，手脚都会被丝线所缠住。终有一天，我会吞下这张错综复杂的网的核心主题，又或者，我会沦为那网上蜘蛛之腹中餐吧。究竟哪种命运会来临呢？

回到家之后，我立刻在书架前找起那本关于姨舍山的书。胭脂红色的封面很快映入了眼帘，书里全是密密麻麻的复杂汉字。我读序言，里头写道，随着《楢山节考》小说和电影的扬名，越来越多的日本人开始相信，在日本古代，有将老母亲送上山的习俗。但这种习俗真的存在吗？

我刷刷地翻着书，书里首先收集了几则有关姨舍山的传说。我读起第一则故事，很快便被深深吸引。

有一座村子，里面住着一个非常孝顺母亲的男人。这个村子有个习俗：长子需要把年老的母亲背上山抛弃。尽管男人早该将母亲送上山，但他却始终下不了决心，一拖再拖。某天夜里，身为长子的他悲壮地下定决心，准备次日执行这个习俗。但老母亲却预言说，马上就要发洪水，让村民们赶紧逃到山上。村民们起初还是半信半疑，但当妖风开始吹响，河面上浮现出鬼脸之后，就纷纷打包家什逃往山上去了。当晚洪水泛滥，家家户户的房屋都被冲走，但村民们却捡回一条命。老妇人果真具有能够敏锐地感知危险、拯救共同体的能力。村民们十分感叹，从那之后，便废止了抛弃老母亲的习俗。是这样的传说。

我马上又开始读起第二则故事。有一个男人，遵循村子的习俗，不得不将年迈的母亲背去山里遗弃。他爬到一处高岗，那里视野开阔，四周白骨散落，他放下了母亲，随后按照习俗头也不回地走了，但回程时却迷路了，没办法，只能再度折返回遗弃母亲的地点。谁知母亲却告诉他，她早已预料到这样的情况，在来的路上就已经用石块敲碎物品，为他做好了记号，只要沿着记号，就可以顺利地返回村子。到了最后的最后，母亲都还在为自己着想，男人忍不住哭了。最终，他再次背起母亲回到了村子。

两则故事所讲述都不是“姨舍”的传说，而是“不舍姨”的传说。书里还写到说，关于姨舍的习俗在历史上是否真实存在，还是一个谜。但是在作物歉收的年份，或许真的有人产生过遗弃老人的念头，但留存下来的，却是不应该遗弃老人的理由，这一点非常有趣。

那天晚上我做了一个奇怪的梦。梦到我从纸袋里取出一个拳头大小的圆面包，用刀切成两半，切面的碎屑不断剥落。

我想，如果在森林里沿途撒下面包屑，那就算有一天老了，也应该能找到回来的路吧。于是，我在信封里装好面包屑，然后进入了森林，沿途撒着，往越来越深的地方行进。

然而就在那时，有几只绿色的小鸟，拍着闪光的翅膀飞了下来。鸟儿开始啄食面包屑。要是不赶走这些鸟，我就找不到回家的路了，就在这么想的时候，我醒了。

用撕碎的面包做记号的，应该是《格林童话》里的汉赛尔。汉赛尔是一个小男孩，他和妹妹格蕾特两个人被遗弃在森林里。聪明的汉赛尔为了能找到回家的路，偷偷地把面包撕碎撒在路上，但鸟儿却把面包吃光了，导致两人无法回家。他们在森林里游荡时，发现了一间用糖果做成的屋子。两个饥肠辘辘的孩子立刻扑向这间房子，开始拆外墙上的糖果吃。就在这时，从屋内走出了一位老太婆模样的女巫。

但所谓的“老太婆”究竟指的是多大年纪的女性呢？我很好奇，于是上网搜索了一番。在格林兄弟编纂童话的十九世纪初期，中欧的平均寿命，即便在他们所生活的时代也不过是三十多岁。这位被称作女巫的老太婆，究竟大概有多大呢？

那个年代的女性，要么不断生孩子直到去世，要么进到修道院，作为不生育的魔女活着，就只有这两种选择。对于当时的人来说，如今的女性在无法生育之后还能继续度过后半生，这样的生活应该是难以想象的吧。也许因为自己也渐渐在接近这样的“后半生”，最近的我对年龄增长的问题格外在意。

现在的我开始把从前看来纯粹是“老头”的人视作自己的同伴。比如M先生，几年前的我是绝不会把他当作朋友的，但现在却觉得，即使年龄差了四十岁也能做朋友。

外出旅行的M先生什么时候才会回柏林，这方面的记忆在我脑海中有些模糊。

我记得他笑着说打算离开大概两周，又觉得他好像是明确地说过会在外面“待上几周”，又或者他根本就没有透露过具体的回程时间。

总之不管怎么说，M先生是暂时无法参加太极拳的训练了。在之后的练习中，我向陈老师说明了情况，老师的眉毛干净利落地画在明净的脸上，那眉毛如今皱了起来，她说：

“这可不太妙呢。从今天起，每堂课都会学一个新动作。等到二十四个动作连贯起来，就是我们所谓的二十四式了。每缺课一次，就会落下一个动作。”

“那岂不是一次都不能缺席？”克莱尔担心地插话，她的四肢纤细，唯有肚子鼓鼓的，像塞了一个完整的西瓜，她应该是在担心孩子刚出生时该怎么办。陈老师笑了：

“不会的，即使缺席也没关系。因为我们会反复练习，不管是十年还是二十年。”

克莱尔将目光投向远方，或许是在想着肚子里的孩子二十年后会长成什么样的大人。

前一阵和陈老师亲切交谈的男子再次出现在门口，她急忙走过去和他交谈起来。男人挠着头，像是在找什么借口。因为两人的声音都很洪亮，所以虽然我离他们很远，谈话还是一字一句地清晰地传进了我的鼓膜里。两人的发音略有不同。我听说中国有很多种方言，不知道他们是不是来自不同的地区。还是说，口音上的区别仅仅是个人的特点？陈老师的发音温暖，且带有一种铿锵有力的节奏感，而男人的发音则带有一丝亲昵的沙哑。阿廖娜死死地盯着男人，目光炯炯，她曾经说那男人很像成龙。

“那个人应该是陈老师的爱人吧。”我说，想把阿廖娜拽回现实世界。

但阿廖娜只是轻哼了一声，扭过脸，一副很固执的样子：

“就算是这样，也不能排除他是演员的可能性吧？”说完，便大步流星走向那男人。

“请问您是否出演过电影呢？”阿廖娜对男人说，一副明知故问的口吻。

阿廖娜的大胆让我羞耻异常，简直想用手捂住脸，但又确实想知道男人的回答，便轻手轻脚地凑过去，躲在高大的阿廖娜的背后听着。

谁知，男子不仅没有露出不悦的神情，反而神采奕奕地回答道：

“没错，我确实参演过动作片。”沙哑的声音充满了魅力。

阿廖娜向前探身，继续追问道：“是香港电影吗？”

男人的回答令人意想不到：“不是，是日本电影。”

男人朝我的方向扫了一眼，接着提高音量，兴奋地补充道：“我演过大概五部电影，都是日本的动作电影。”

阿廖娜惊叫道：“真厉害！”男人的脸上浮现出一个害羞的笑。扬扬得意，却也足够可爱，让人讨厌不起来。陈老师无奈地把手放在男人背上将他推出门去。

“他呀，一听到电影，心就像飞舞的蝴蝶一样，真叫人头疼。动作片演员，虽然听上去很帅气，但其实是个很悲剧的职业。比方说，他曾经受导演之命从高墙上跳下来，结果扭伤了脚；还有一次，对戏的演员因为动作不到位，一拳打到他眉毛上，缝了足足三针呢。我一直劝他别再接这种危险的活儿，老老实实教太极拳过日子才是正道，可他就是听不进去。”

陈老师带着无奈的笑抱怨着。她的丈夫看上去比她年纪小，但也有可能，他只是乐于在她面前表现得像个弟弟。

当天的练习从缓慢抬起伸直的手臂，再慢慢放下开始。

“就像是从地底吸取能量，掌心朝上，慢慢抬起手臂。当手臂与地面平行，就把掌心朝下，再慢慢放下手臂，就像肘部撑着一只大球。最先下落的是肘部。”

我按照她的指示把注意力集中在肘部。在德语里，强竞争社会又被称为“肘社会”，取的是用肘部挤开左右两旁的竞争对手独自向前迈进的意象。肘部是最先撞到障碍的部位，但在此刻，它却被温柔地放在一只软球上，随之缓缓移动。

“啊，请不要撅屁股，背部要挺直，上半身的重量要均匀地落在骨盆里。不要朝前倾，也不要向后仰。”

接下来，我们慢慢扭转身体，把朝正面的站姿调整为朝侧面的站姿。然后双手抱住一个看不见的球，说是“抱住”但其实是一种特殊的抱法，右手放在球面上，左手从下方托住球，然后左脚向前踏出，支撑球的左手缓缓向前推，而球面上的右手则顺势向后滑落。陈老师称这个动作为“分开野马的鬃毛”。

我问道：“分开鬃毛是像编三股辫时把头发分开那样吗？”

陈老师眯了眯眼，答道：“是的，请温柔地抚摸。”

“但野马也要编三股辫吗？”

“大概不会编吧，别想三股辫的事了，请只想象抚摸鬃毛的感觉。”

无论我提出什么样的问题，老师都不会摆架子，而是给出朋友般耐心的回答。并且她的德语，或许是经过了多年与众多德国人对话的洗练，就像新洗过的贴身内衣那般干净，既不讨好，也不傲慢，充满温暖。

我心中逐渐膨胀起一个疑问：野马会让人抚摸其鬃毛吗？大多数的野生动物肯定人一靠近就跑开了。如果试图捕捉野马，用绳子套住它，强迫性地去抚摸它的鬃毛，那它肯定会挣扎反抗，会甩头，甚至会用脚踢人。

我第一次接触马，是在去弗莱堡郊外的牧场的时候。在小马厩里，我战战兢兢地伸手去抚摸马的脸，但马却突然打了个响鼻，像是要将我甩开似的抬起鼻子，我看见它嘴里粉色的牙龈和巨大的牙齿。

野马的马鬃是摸不得的，但我很疑惑，为什么没有一个人质疑“分开野马的鬃毛”这种说法？“分开野马的鬃毛”在德语里是Mähne des Wildpferdes teilen，这说法极富异域风情，让人只想满足于一种“东方的韵味”，而不想去深究其实际的含义。就像在中餐馆的菜单上看到“千岁蛋”（tausendjährige Eier），也不会有人去追问服务员说“这蛋真的有一千年吗”？就只是感叹于这名字里浓厚的中国传统文化气息。说到底究竟是谁把“皮蛋”翻译成“千岁蛋”的？反正我从没在餐馆菜单上看过译者的名字。

我想回家后查查太极拳二十四式中的第二式“分开野马的鬃毛”在中文里究竟叫什么。虽然说我不懂中文，但总觉得不明白汉字写法的话，任何知识都会只是悬浮在脑海里而无法真正落地。

练习结束后我在更衣室里换衣服，阿廖娜走了过来，我试着向她说起自己去看了《楢山节考》这部电影的事。我估计阿廖娜应该没看过，于是就简单概述了剧情，这时，一旁的奥莉安女士听到了我的话：

“这电影我也看过，看到主角和我同名，吓了一跳。”

我愣了一下，又突然醒悟过来，纠正道：

“女主角的名字不叫奥莉安，叫阿玲。”

我以为奥莉安女士被纠正后会有些不快，没想到她却爽朗地笑了：

“什么呀，原来不是奥莉安，而是阿玲呀！[1]我还

---

1 角色阿玲日语原名为おりん，拼写为Orin，奥莉安则是Orion。——编注

觉得自己出演被遗弃的老妇人角色正好呢！因为多了个0，我逃过一劫，不用被扔去山里了。”她从容地回应道。

我本来以为奥莉安女士是那种只有在说英语时是健谈的，讲德语的时候是难以接近的人，没想到今天和她用德语聊，她也这么风趣，她亲切地用左手的手指触碰着我的右臂。

“其实我不只是觉得她和我名字相似，还觉得那位老人和我有相似的经历，所以觉得亲近。我也是被抛弃的老妇人。去年我做腰部手术，在家休息了三周，可我儿子却因为工作忙，一次也没来看过我。”

“真遗憾呀，作为儿子，起码也该帮忙买买菜，做做饭嘛。”阿廖娜在旁边安慰道。

“我都不指望这些了，就算他带点我喜欢的土耳其烤肉回来也是好的啊。亚洲人是不是特别重视年迈的父母？”

奥莉安女士盯着我说。我苦笑着答道：

“亚洲很大，不能一概而论。如果说在南韩的话，人们还是挺重视父母的。”

在德语里，韩国被叫作南韩，朝鲜则被叫作北韩，听上去就像统一前的东德和西德一样，听起来就像是一对一度吵架分手了，但未来似乎还会重归于好的情侣似的。

大家不知怎的都没说话，于是我开口说：

“顺带一提，如果受伤了的话，像购物之类的事可以请护工帮忙，护理保险是可以报销的。”

我试着把自己从苏茜那里了解到的保险知识转手传授给大家。

“说到这个，我儿子自费给我请了一个很古怪的护工。”

“古怪的护工？是什么样的？”

“变装成我儿子的护工。”

“变装？”

“没错。他说因为变装的部分没办法报保险所以自费了，一副于我有恩的样子，但他把钱花在这些地方，我一点都不开心。”

“说是变装，陌生人真的可以装成你儿子的模样吗？”

“他是个年龄和身高都和我儿子相当的年轻人，头发也弄得和我儿子一样，来的时候还化了妆，穿着和我儿子一样的衣服。当然完全不像，不仅不像，还挺恶心的。”

坐在一旁的克莱尔，一边爱抚着隆起的孕肚，一边强忍住笑意朝我问道：

“这在日本是不是叫作‘cosplay’？”

我本来想解释，日本虽然有cosplay文化，但可能没有这种变装护工服务。但还没等我开口，奥莉安女士就用有些居高临下的语气提醒克莱尔：

“等你生了孩子之后，也得小心。”

克莱尔则以梦幻的语气答道：

“没事，因为我生的是女孩。”

“说起来，阿玲还真是个骄傲的人呢。”

奥莉安女士又把话题转回《楢山节考》上。我虽然已经换好了衣服，但也不好立刻就回家，于是决定再陪着聊几句。

“骄傲？”

“她看上去好像一点都不怕死，但这种人其实不存在的。身为牙医的我很清楚。就算是那些在商界久经沙场的五十岁管理层的男人，还有人会戴着口水兜从诊疗室里逃走呢。不过就是虫牙，需要稍微钻一下而已。并且会上麻醉，应该一点都不痛。所以说，没有人会不害怕在雪山顶上被冻死的。”

“但她真的是骄傲的吗？”

“阿玲不光是自己去山上，还鄙视那些出于感情不愿把母亲扔去山里的男人对不对？她就像军人一样。”

“是这样的吗？”

“比如武士和骑士之类的，不愿意对人展现自己的软弱。但阿玲她们从事的是农业，是接触动植物的体力劳动者，我还以为她们可以忠实于自己内心的声音。”

听着奥莉安女士的理论，我渐渐切换到了大学上研讨课的状态：

“那难道不是在美化农业吗？电影本身是虚构的，所以阿玲也并不一定真实存在，不如把阿玲视作是儿子所塑造的理想的母亲形象。在儿子看来，母亲就应该是那种骄傲、高尚的女人，为了共同体的利益毫不犹豫地献身，毫不畏惧，毫不悲伤。这样一来，他就不必背负抛弃母亲的罪恶感了。”

不小心回应得挺尖锐，但奥莉安女士却没有一丝一毫的不耐烦，反而听得十分认真。

穿好衣服的阿廖娜用满怀期待的目光看着我，为了不被她拉去喝酒，我没有与她对视，快步走出了屋子。回头一看，办公室的窗子还亮着灯，窗子那头的陈老师正望向这头。我挥手时，她也笑着朝我挥了挥手。但那笑容冷冰冰的，我感到一阵寒意。

回到家门前，我不经意地扫了一眼隔壁的窗户，发现M先生家的灯全都关着，奶油色的窗帘冷漠地遮挡住外部的视线。

我心里涌起一阵凉意，觉得M先生或许就这样再也不会回来了。那个曾经突然出现在我面前，把我带入太极拳世界，并布置给我有关东普鲁士历史的作业的M先生，之后就这样消失了。因为我们住得很近，所以就连电子邮件地址和电话号码都没交换过，我联系不上他。他的名字我也不清楚，就只知道他的姓氏可能是以M开头的。

我一边把运动服卷起来扔进洗衣机，一边想，陈老师到底为什么要从窗户观察正要回家的我呢？我还没有机会问她到底是从中国哪个地方搬到德国来的。虽然她也没问过我来自哪儿，但因为那个似乎是她丈夫的男人，曾经在提起自己出演过日本电影时偷偷瞄了我一眼，所以我猜他们俩可能议论过我。如果真是这样，我倒是挺好奇他们会怎么描述我。

我启动了电饭煲，在等待米饭煮熟的同时，在网上查起了太极拳二十四式中第二式的名称。“野马分

鬃”几个汉字出现了。因为是日文网站，所以在旁边用片假名标注了中文发音：“イエ·マー·フェン·ゾン”。

我没太见过“鬃”这个字，但其字形却给人一种粗糙的感觉，很好地展现了马鬃的触感。“分鬃”指的就是温柔地拨开马鬃吧。我以为英文字母即便是可以触摸到的，但每个字母，无论是硬度还是温度，给人的感觉都差不多。平假名也是这样的。只有汉字各有千秋，有的粗糙，有的光滑。温度也有所差别。某些字甚至带有一种色彩。

分开野马的鬃毛，这种看似非现实的动作，说不定是一种隐喻。

中国古典文学里充满了凝练的比喻。比方说瓜田李下：如果在瓜田里系鞋带，别人就会怀疑你在偷瓜。所以最好在别的地方系鞋带。简单来说，就是一句告诫：“不要做让人怀疑的事！”像这种抽象的警句，如果直接表达出来就显得毫无趣味，但要是把它包裹在生动的意象之中，就变得有趣多了。我现在会觉得这种技巧很妙，但在备考大学的时候却对这些比喻感到烦恼不已。

或许真有那么一个人，因为在瓜田里弯腰系鞋带而遭受了牢狱之灾，他的痛苦与泪水被提炼为警句流传至今。如果真是这样的话，那“野马分鬃”一词的背后，或许也蕴藏着某个人的血泪史。我试着在脑海里描绘起“野马分鬃”的故事。

“很久很久以前，在某个地方，生活着一匹名叫‘野性美’的美丽野马。一个富有的男人说，谁能抓住那匹马，就给他一笔巨额的奖金。消息一出，贫困村庄的人们纷纷出动，但野马却不是那么好捉的。在这个村庄里，有一个女孩，她发自内心地深深爱着野马。只有她靠近的时候，野马才会安静下来，站住任由她抚摸自己的鬃毛。富有的男人试图用钱收买这个女孩，说如果她把马交给他，就给她一大笔钱，但女孩只是摇头，拒绝了。”

故事刚刚编到这里，电话铃响了。是苏茜打来的。

“在干吗呢？”

“在网上查资料。我在想太极拳里一个叫作‘分开野马的鬃毛’的动作，编了一个童话。”

“好像格林兄弟。”

“格林兄弟的故事不是自己编的，而是去村里收集的传说吧？”

“谁知道呢。有些地方不清不楚的。”

“所以他们其实是自己编的，然后说是去村里收集的传说？”

“也没到这么糟糕。就比方说《穿靴子的猫》的故事，你知道吧？据说格林兄弟那时候和一些从法国逃出来的胡格诺派的家庭的女孩们有交情。他们常常去她们家。有一次其中一个叫珍妮特的女孩讲了一个童话，他们记了下来。然而他们回去看，才发现这故事和佩罗的《穿靴子的猫》太像了，所以他们花了很大力气把佩罗的元素给去掉。”

“太狡猾了！是偷了人家的故事吗？”

“也不能说是偷吧。反正类似的故事在欧洲各地都有，只是法国那边更早出版了。而且这故事后来也被翻译成德语。当然，格林兄弟也亲自去村里收集过故事。不过，比起沿着泥泞小道走去遥远的村子，耐着性子听老人讲故事，还是在温暖的客厅里，一边沉醉在法国的香水气息中，一边品尝着玛德琳蛋糕，一边相互朗读童话，要更加惬意一些，不是吗？”

“真让人失望，我还以为格林兄弟就是那只猫呢。”

“为什么是猫？”

“穿着长靴的猫。我一直以为格林兄弟是穿着长靴、背着帆布袋，长距离徒步，走村串户地收集民间故事的。这才是浪漫主义者啊。”

“那在客厅里一边吃着玛德琳蛋糕，一边和女伴们打情骂俏，也是浪漫主义者吧。”

“为什么要吃玛德琳蛋糕？吃太多甜食会得蛀牙的。说起来，你前一阵是不是提到过牙齿的事？有个叫奥莉安的牙医也来练太极拳。我提到你的情况，她很痛快地答应给你治疗。现在我告诉你号码，你记下，明天打电话去，告诉他们是通过太极拳班上的美砂介绍来的，医生会很快接诊你的。”

“谢谢。我想送你一本书，但这不是帮忙的回礼喔。前一阵在书店偶然看到的，我邮寄给你。”

“什么书？是太极拳的书吗？”

“不是。”

“《楢山节考》？”

“什么？”

我简单地和她讲了我和宝拉以及罗伯特一起去看电影的事。

“听起来很有意思。我也想看，不过也有点害怕。因为如果一条法律出台，说不能工作的人要被丢到山上，那我也有可能会被丢去山上。”

“但你对社会很有用呀。”

“没什么用。”

“你不是有工作吗？而且还做志愿者，在线教移民的孩子们德语。”

“但有些人只要看到我坐在轮椅上，就片面地认为我是在浪费国家资源，生活消极懒散。”

“但是在现在的时代，很多人都是坐着工作，几乎都不怎么走动了不是吗？但你会去到很多地方，特别活跃，特别好。”

“但去电影院其实挺难的。大家都以为可以直接坐在轮椅上看，但其实不行。因为坐在过道上是违反消防法的。而且我自己一个人没法从轮椅上移动到座位上。”

“那我们就一起去吧。”

“以后再说吧。牙医的事，多谢你了。移民虽然增多了，但医生却没有增多，预约难得要命。”

“移民？”

“移民里的很多人因为出生地的生活条件很差，或者是经历过战争，生病的人多。本应该增加医生的数量的，但政府什么也不做。明明有从伊朗移民来的医生，但是因为德国不承认外国医生的执业资格，所以根本不能上岗。明明不是纠结这些的时候啊。眼科、内科、精神科，都需要排好几个月的队。最近我就差点和内科的医生在电话里吵起来。”

“哪里不舒服吗？”

“是胃痛，所以打电话过去了。”

“然后呢？”

“他们说要四周后才能给我检查，我一怒之下吵了一架，把电话挂了。火冒三丈说的就是这种情况吧。好在胃痛也因此平息了。”

“因为生气所以治好了胃痛？”

“可能吧。每当我模模糊糊地感觉到烦躁，胃就会疼。可一旦明确了原因，把火发出来，胃的不适就会平息了。”

听到胃这个词，我的胃便咕咕地响起来。厨房里，老旧的电饭煲从刚才起就一直叫唤着：饭煮好了，煮好了。

“那我就期待你寄给我的书了。电饭煲一直在叫‘饭煮好了’，所以我要挂了。”

“你的电饭煲会说话吗？”

“对。不只是电饭煲，我家的老机器都会说

话呢。”

“那一定很不好受吧。那就这样，再见。”

挂断电话的瞬间，不知道为什么，我忽然意识到，刚才还充满活力地同我说话的人，说不定在今天就会死去。我实在是不喜欢电话另一端的空间突然闭合的那种寂寥。

最近，我的电饭煲可能是因为年纪大了，脾气变得暴躁了些。饭煮好后如果不立刻切换到“焖饭模式”，就会吵个不停。

“刚才我就说煮好了，你还长时间讲电话，太没礼貌了吧。”

“友谊是很重要的。”

“吃饭比友情更重要。”

“就算有饭吃，如果没朋友，那也是饥肠辘辘的人生。”

这台电饭煲和CD机一样，是一位从德国回大阪的公司职员的家属送给我的。我也因此不自觉地模仿着它，在回答时寻找着便于发音的句末语气词。在刚开始的时候，我的语调或许还更接近于大阪话，但随着时间推移，已经变得越来越怪异，甚至成了一种来路不明的伪方言。但我除了和家电交谈，几乎是没有机会使用日语的，所以这种伪关西腔竟然成了我唯一使用的日语。

几天后，我查看邮箱，发现里面塞着个小包裹。寄件人是苏茜。打开她笨手笨脚地包装好的包裹，里面是一本《被逐出故乡的德国人》。翻了几页，我发现这本书讲的是第二次世界大战后，那些因为无法继续在成为波兰领土的东普鲁士居住，而移居德国的人们的故事。我还记得自己曾经在电话里和苏茜聊起过邻居M先生，他小时候就有过类似经历。

“被逐出故乡的德国人”这个标题让人不舒服。最符合“被逐出故乡”这个描述的，应该是犹太人吧。然而在这本书的标题里，却在应该是犹太人的地方写下了德国人。M先生谈及从东普鲁士迁居一事时，只说是“搬家”“移动”，并没有被谁赶走、失去故乡的言外之意。

书的装帧也让人喜欢不起来。浓重的黑色和红色占满了封面，让人联想到“民族”一词，充满了火药的硝烟味。书名的字体则采用了纳粹常用的歌德堡字体。我随手翻开几页读起来，在前言，立刻就看到这样的句子：“许多人认为居住在东欧的德国人仅仅因为是德国人，就与纳粹一样是加害者，但事实上他们是受害者。”我内心警铃大作。

在主张“德国人也是受害者”的人中，有不少人试图利用这样的说法，来使纳粹的罪行显得微不足道。我猜苏茜可能只是看到这本书涉及东普鲁士，就冲动买下寄了过来。

对于此书，我的厌恶越来越深，但却无法停止阅读。书中首先讲述了历史背景：德国人迁居至如今的波兰、匈牙利、捷克、俄罗斯等地始于很久以前，大致相当于日本的平安时代。并且在距此更早的三世纪之前，在易北河以东的地区，就有日耳曼民族居住，后来斯拉夫民族逐渐占据这片土地，而到了十二世纪以后，日耳曼民族又重新兴起。

欧洲大陆上，不同民族轮番交替居住的历史，似乎表明他们对“大迁移”已习以为常。但如果这么说的话，也就代表故乡并非唯一的，被逐者的祖先很有可能也曾经是驱逐别人的一方。

我不断地重复着随手翻开一页，阅读，又合上的动作。我对明明不想读却又控制不住地去读的书，往往就是这样。

书里有一张里尔克的黑白照片。文字写道，这位德国的代表性诗人在布拉格出生并度过了童年时期，我觉得有趣，接着往下读，但这本书的落脚点却与我的期待相差甚远。

我所期待的是——所以在德国文化与非德国文化之间划分界限是毫无意义的，德国文化也会在不属于德国的各城市里诞生。然而这本书却强行得出结论说："因为德国的著名诗人诞生于此，所以布拉格是德国的一部分。"要是这样的逻辑成立，那么安部公房[1]成长、后藤明生[2]出生的地方也都可以说是日本的一部分了。我从来没听说过这么荒唐的理论。

对于历史背景的介绍构成了此书的前言，接下来则是个人的证言。比方说有这样的内容：

一位住在今波兰城市比得哥什的德国女性表示，1939年秋天，士兵来到她家，命令她的儿子去到庭院里，她躲在窗帘后面，看见士兵们用枪托捅她儿子的胃，他踉跄着，士兵们又用枪托捅他的肩膀，最终他倒在地上。再仔细一看，来者并非都是军人，还有一些不良少年混杂其间。他们将她的儿子强行拖起并带

1 安部公房（1924—1993）：日本小说家、剧作家，出生于东京，在中国沈阳长大。

2 后藤明生（1932—1999）：日本小说家，出生于现朝鲜咸镜南道。

走，从此以后，她便再也没有见过他，或许他已经在某地惨遭杀害。

另一位住在今波兰斯瓦任兹的德国女性称：她的丈夫和儿子也在同一年被波兰人枪杀，一开始她的邻居告诉她，她还不敢相信，直到尸体被送回。丈夫和儿子的面骨均被砸碎，眼球被挖出，身上留有弹孔，儿子的腹部被利刃割开，内脏露在外面。她听周围的人说，类似的尸体之所以多，是因为在波兰的某些地区，流传着一种不成文的规则："如果你有家人曾被德国兵杀害，那你就可以对抓到的德国人随意处刑。"这当然只是传闻，此书却将其列为一种证言。

我读得窒息，"啪"地合上书，冲出了家门。我飞奔到M先生的家门前，明知道他不在家，却还是激动地按响了门铃，我间隔着按了三次门铃。或许是在等待奇迹。正当我放弃准备离开的时候，身后却传来一个声音：

"如果您找迈恩芬德先生的话，他最近不在家。"

来人穿着灰色毛衣，外搭一件轻薄的外套，看上去大约六十多岁。虽然我是第一次见到这张面孔，但对方穿着凉鞋，手里还拿着一把小铲子，应该是住在附近的人。

“是吗？我之前听说他去旅行了，还以为他已经回来了。”

“米夏埃尔恐怕还要过一段时间才会回来吧。顺便自我介绍，我叫穆勒，就住在前面。我和米夏埃尔聊过玫瑰栽培的事，就熟起来了。”

不知道为什么，我忽然有些失神。长期以来，我一直想知道的M先生的名字，居然就这样轻易地知道了——米夏埃尔·迈恩芬德。这个姓氏和他从前提到过的姐姐的姓氏一样。至于“米夏埃尔”，这是个很常见的名字，不仅普通，还总是让我联想到那位有着牛奶皮肤的，看似阴柔却肌肉发达的天使米迦勒的形象，完全不合适M先生。

“您就是新搬来的那位吧？”穆勒先生微眯着眼，好奇地问。

“没错，所以现在还没有种任何植物。”

“如果您对玫瑰有什么想了解的，我家就在前面，可以来问我。拐过前面的路口后左转第二家，门口两边种着红玫瑰，冬天也开花。”

我道过谢，回家穿上外套后又立刻走出门。虽然没有明确的目的地，但我想边走边想事儿。

我把“米夏埃尔·迈恩芬德”这个名字放在舌

尖上品味了一下。“迈恩”的意思是“矿脉”，“芬德”的意思是“发现者”，合起来，给人一种“发现宝藏者”的感觉，怪怪的。所以感觉自己虽然已经知道了M先生的全名，但在内心，还是会继续称呼他M先生。

回到家后，我继续阅读《被逐出故乡的德国人》。书里还有很多令人恐惧的证词。迄今为止，我已经读过很多和纳粹罪行有关的书了，但这本书是由没有参与纳粹行径的德国平民所写，这还是我第一次读到他们在东欧所遭受的暴力的内容。过去，我一般是不会选择去阅读记录某个群体对另一个群体的仇恨的书的，但现在却看得停不下来，因为书里所描述的，极有可能正是M先生在其童年时期亲眼见证，甚至亲身经历的暴力场景。

书里有很多失去儿子的母亲的证词，也有一些在千钧一发之际捡回性命的男人的证词。有人因为被指控涉嫌利用光线的明灭向德国空军发送信号而遭到逮捕，在去往收容所的路上，忍受了漫长且痛苦的押解。他详细地描述了那段经历：不给食物，不给水，被迫走了大约三百五十公里。途中有当地的居民来殴打他们，押送的士兵也不阻止，甚至还笑着旁观。有一次，一个神志不清的男子想要离队如厕，却被误认为要逃跑，当场被枪杀。目睹这一切，有人愤怒地开始抗议，结果被相继枪杀。

我再也读不下去了，“啪”的一声合上了书。我想和M先生聊聊，但却没有他的电话号码。他现在在哪里旅行呢？即使只是写一封邮件也好，可是我连他的邮箱地址都没有。突然间，我意识到一件事。M先生虽然在外旅行，但他的信箱却从未有过信件堆积的情况。他是否使用了邮局的转运服务呢？就是在外地度假期间，将所有寄到住址的信件转寄到新的地址的服务。即使人在国外，这项服务也同样适用。如果我直接寄信到M先生家里，会不会可以通过转运服务送到他旅居的住所呢？

我握着铅笔，想先为信打个草稿，2B铅笔柔软而深黑的铅芯在纸上滑动，让我想起高中时一个叫村田海子的同学。我们关系不算亲密，却曾经写过交换日记。我忽然想起来，她曾经告诉我，因为她的祖父母曾经从上海被遣返回日本，所以给她起名叫“海子”。虽然我们每天都在教室里见面，但几乎没有过交谈，反倒是在交换日记里写了很多的文字。那时的我们，就和普通的高中生一样，对“虚无感”以及“自我意识”之类的话题热衷无比，时常聚在一起展开讨论，这余温至今还隐约地残留在我记忆里。有一两次，村田海子在日记中提到了“遣返回国”，还详细写到了祖父母的故事。对我来说，它是一个陌生的故事，但“遣返回国”一词很神奇，好像带着被无数人触碰过的印记。

村田海子好像还曾经问过她的祖母，当年被遣返回国是什么样的心情。祖母回答说，昨天还一起合力工作的当地人突然间就变得陌生了，所以很悲伤。但这时，她做记者的父亲正好在旁边，说，但是你们闯进别人的国家，还摆出一副高人一等的姿态，这也是没办法的吧。这一句话让母子俩吵了起来，村田海子在日记里写，她对自己提问这件事很后悔。其他内容我已经记不清了，唯独这部分我清清楚楚地记得。

之所以在纸上用铅笔写信给M先生，是觉得用电脑写好之后再打印出来的信件会有些失礼。但因为我最近几乎没有用铅笔写过需要展示给别人看的文字，所以笔迹看起来像是一根根跳动的黑色钉子。其实我想写成圆润规整的印刷体，但又不想显得幼稚，就勉强地用手写体写了，这或许就是效果不佳的原因。

给年长且博学的M先生写用印刷体写成的信件，

是需要勇气的。用印刷体写信，可能会让人觉得我是只会玩手机的年轻人。我甚至想过，干脆像写在漫画对话框里的台词那样，全用大写字母写信会怎样？但那样的话，我可能会被M先生视为外星生物。最后我还是决定先用印刷体打个草稿。

“突然写信给您，请见谅。我是美砂。非常感谢您让我有机会接触到太极拳。陈老师是一位了不起的老师，每周的课程越来越有趣了。不过，我写信给您并不仅仅是为了表达感激之情。自从和您交谈后，东普鲁士这个话题就在我的脑子里挥之不去。前几天，我的朋友给我寄来了一本有关东普鲁士历史的书，虽然我不认为那是本好书，但还是忍不住读了下去。我想和人聊聊书的相关内容，但周围没有合适的人选，所以决定写信给您。写完后，我会把信投进大街上的邮筒。如果您在使用转运服务，这封信应该会寄到您现在的住址。”

写完开头，握笔的中指边缘已经开始隐隐作痛，仔细一看，已经红了。

“读了那本书里记录的东普鲁士地区的德国受害者的证言，我感到很震惊。但那本书从很多方面来看都不太可信。所以我打算寻找更加可靠的书籍，但不知道能否找到。您小时候也在东普鲁士生活过，在终战前搬到了德国居住。您目睹过暴力吗？在您看来，是否存在一种可能性，能够不偏袒自己的民族（因为'民族'一词的概念宽泛，用'所属群体'或许更为贴切），不受个人偏见、人生不满或愤怒情绪的影响，以一种公正且冷静的态度来提供证言呢？”

手写信，因为我的字写得不好，就连内容也显得特别幼稚了，但写信也确实让我感觉到，那萦绕在我的额头附近的、令人焦躁不堪之物的轮廓，正在逐渐显现。看了眼钟，已经过了凌晨两点半。上一次写信写到深夜，还是在高中写交换日记的时候，想到这里，我苦笑了一下。

次日早晨醒来，搁在桌上的玻璃杯因为映射着清晨的阳光而熠熠生辉。遍洒着薄而耀眼的晴光的秋日造访了。

我洗完脸，一边用毛巾擦脸一边望向镜中的自己，我明明熬夜了，但看起来却像是年轻了五岁。我边啜饮着咖啡，一边重新誊抄了昨晚写成的信。

刚和早濑结婚时，每天早上我都会看向他的脸，忍不住，经常脱口说出“脸色发青”或者“面如土色”的评价。那时的早晨，我首先看到的并不是镜子里自己的脸，而是早濑的脸。面对我诚实的评价，早濑会苦笑着找借口，说“最近研究很忙”或者“昨晚没睡好”之类的。不过幸好，早濑从没对我起床后的模样发表过评论。

刚到德国时，我在弗莱堡的住处的浴室里照镜子，镜中的我像失去了定义的专有名词，没有轮廓，也没有光彩。后来开始出演独立电影，眼周才开始有神采，兴奋感牵动嘴角两端微微上扬，或许是我的错觉，下巴与脸颊的线条也变得清晰起来。现在我的脸已经不会再出现在镜头里，隐居在新家里，我甚至不会去思考自己长什么样。或许我是在尝试通过写手写信，来挖通一条老式的“隧道”，重建与他人的联系也说不定。

我拿着封装好的信朝邮局走去，原本打算直接投入邮筒的，但因为手写的字较大，页数很多，我不确定需要贴多少邮票。

寄出信件后我从邮局回家，脑袋就像是个被挖去了馅的包子皮似的。随着那些盘踞脑海的思绪跟随信件被送往远方，只剩下空空如也的自己找不到话说。

就像是寻求帮助似的，我翻开了克莱斯特的书。翻译工作的好处或许就在于，即使是在脑袋空空如也的日子里，自己喜爱的作者所创作的文字也还在那儿供自己消化，哪怕不能完全消化，也至少可以将其转化为自己的语言并记录下来。爬格子，就是文字创生的过程，再也没有什么行为能比它更充实内心的了。

上次我翻译到，为了确认城堡里是否有幽灵出现，伯爵等待着，终于听到了幽灵发出的声响。故事接下来是这样展开的：

“翌日早晨，侯爵走下楼，侯爵夫人便问他调查结果如何；只见他目光游离，神色惊恐地环顾四周，闩上门，断言闹鬼一事的确存在；侯爵夫人被前所未有的惊愕击中，恳请丈夫在此事公开之前，让自己再带着仆人进行一次更详尽的调查。”

克莱斯特这个作家似乎不喜欢句号，他的句子是切不断的，他使用冒号和分号，不断地延续一种似断未断的中间状态，明明已经很想换气，但却还不行，还要继续忍耐直至感到窒息。或许让读者“呼吸困难”也是一种表现方式吧。

话说回来，陈老师曾经教过，说在家里慢慢练习呼气有好处。首先，一边从一数到十，一边缓慢而持续地吐气，等把气完全吐尽后，无需意识的介入，身体就会开始吸气。吸气这部分可以交给身体的本能，无需操控，只需要专注于呼气就行。试着在数到十的过程中，持续均匀地吐出空气，要是做到了，就把数十改成数十二。如果能做到十二，再尝试延长到十四、十六。我目前勉强能做到十二，再长就会感到难受，暂时还做不到。克莱斯特这位擅长写长句子的作家，呼吸是否也很长呢？虽说他的文章很长，但他的生命却很短，三十四岁那年便自己画上了句号。

“侯爵夫妇与他们忠诚的仆人在第二天夜里都听到了那超越理解的幽灵音。对夫人来说，无论承担多少损失都行，她希望尽快逃离这座城堡；然而在仆人们面前，她却藏起了自己的惊恐，并将其论断为某种无足轻重的偶然。”

“超越理解的幽灵音”这一日语表述怎么看怎么别扭，但我一时也想不到更好的译法，于是便保留了下来。

侯爵和侯爵夫人似乎不愿意让外人知道城堡里闹鬼。外面来的访问者想要买下城堡，不想让他们知道，这很好理解，但他们甚至不想让仆人们知道这点。这是为什么呢？

一旦承认了幽灵的存在，就必须开始思考为什么会出现幽灵。虽然距离反思自己是否犯下了罪行还有一段距离，但只要承认了幽灵的存在，就无法再从记忆里将一个人的死亡抹去。

侯爵大概率不会受到法律的制裁。如果良心的谴责让他寝食难安，他应该也会拼命抗辩：我不过是想让那个擅自闯入我的城堡，窝在房间角落里的碍事的人挪个地方罢了，这是我应有的权利吧？这是我的城堡，把非法入侵者赶出门去有什么错，那个女人的死并不是我的错，况且她不过是社会的累赘，毫无用处。但小说并没有写到侯爵这样的心理活动，也没有从人物内部描绘幽灵的冤屈之情。幽灵甚至连身影也看不见，只是发出声音。

克莱斯特为什么会关注一个无家可归的老妇人呢？我开始想读他的传记。

太极拳学校的旁边就是市民图书馆。那天我提早一小时出门去上太极拳课，顺便去图书馆看了看。工作人员告诉我，需要提交居住证明才能办理借阅卡，但我搬来后还没进行居民登记。不过如果不借书，只是在馆内阅读，则无需借阅卡。我环顾馆内，落地玻璃窗边摆放着供阅读使用的椅子和桌子，窗外是一片草坪。

一位穿着起球的旧毛料外套，胡茬丛生的男人独自坐在那里读书。一个瘦骨嶙峋的女人抱着一本看起来有一千页厚的大书走来，“咚”的一声把书重重地放在桌上。我很好奇她是准备读那本书呢，还是打算做点别的，于是一边用余光偷偷观察，一边寻找着字母“K”的书架。

结果，不是在小说区，而是在传记区，我找到了一本克莱斯特传，书里照片很多。如果是在大学图书馆，或许会有好几种克莱斯特的传记吧。那一刻，我体验到一种对当初轻易放弃的大学生活的怀念，像是做了一件无法挽回的事，一股后悔的苦楚深深地刺入胸膛。

我不知道从哪儿听来的，说克莱斯特是和一名女性一起自尽的，因此便下意识地认为克莱斯特大概是像太宰治那样的男人。但根据传记作者的描述，克莱斯特并不是殉情死的，他的情况更接近如今的那种，因为不想一个人死，于是在网上找愿意陪自己一起死的人。

作者还从克莱斯特的主题里荡出一笔。他写道，在互联网出现之后，有些人批判它，说它让人变得古怪。但恰恰相反，实际上，人类文明从一开始就有缺陷，互联网不过是映照出这些问题的镜子罢了。我原以为作者生于电视尚未普及的年代，因此对现代年轻人心怀不满，但查看过资料后发现，他竟然才三十岁。这就能解释为什么他虽然看上去对互联网保持着理性批判的距离，但文风却带有某种博客的气质了。

书里还提到，克莱斯特不像有些人有“恋母情结”，他有的是“恋姐情结”。甚至在成人后，他也总是过度在意姐姐的言行，无法与她保持适当的距离。他给予了姐姐太多的建议，而姐姐那头，虽然看上去高高在上，实际上却也过度地担心着这个靠不住的弟弟，两人就这样相互依存。在外人看来，这两个人的性格毫无疑问非常麻烦，但他们俩却相互接纳，共同生活。这是传记作者的解读。

一看时间，我吓了一跳，赶紧把书放回书架，匆忙跑去太极拳学校。陈老师已经姿势端正地站在了众人的面前。我混在人群里，穿着普通的便服，悄悄地调整着急促的呼吸。

“阿廖娜·伊万诺夫娜，开始了哟。”

阿廖娜正面朝窗外发呆，陈老师没有像往常一样用德国风的名字招呼她，而是用了这样的叫法。我听说俄罗斯人如果要正式地称呼对方，就会加上父称，关系亲密则使用爱称。陈老师竟然记得在德国并不常用的阿廖娜的父称，我很吃惊。

听到有人叫阿廖娜·伊万诺夫娜，阿廖娜猛然回过神，收起了望向窗外的目光，站得笔直。

那一天，我们学了二十四式中的第三式。陈老师用德语将其翻译为“展开双翼的鹤”。右手向斜上方抬起的同时，左手伸向地面。做这个动作的时候，眼前仿佛展开了一片湛蓝的湖泊。

“阿廖娜·伊万诺夫娜，虽然我也觉得俄罗斯的芭蕾很了不起，但太极拳可不是柴可夫斯基的《天鹅湖》。并不是只要优雅地展开双翼就够了。右手并不是简简单单地抬起来，而是从腹部聚集力量，就像要把从背后压过来的敌人给反弹回去那样抬起肩膀。左手也一样，需要在身体前方保护自己不受攻击，同时将对手压制在下方。”

我按照老师的指导调整着动作，忽然在左手和右肩上感受到了，来自实际上并不存在的敌人所施加的抵抗力量。

下课后，我的脑海里还在不断重复着中国的白鹤和俄罗斯的白天鹅轮流张开又收起双翼的场景。白鹤虽然看起来只是优雅地舒展着身体，实际上却是在防御来自袭击者的威胁。这也许就是为什么白鹤极为长寿。如果我们追溯欧洲的芭蕾的起源，或许它同样也是在模仿自然中的猎手为了生存而做出的动作。

我一边休息，一边想着这些，又注意到阿廖娜的表情十分不快，便问她原因。

“罗佳说了伤害我的话。”她压低了声音控诉道。

我想起今天训练时阿廖娜确实心不在焉，不像往常那样专注，于是小心翼翼地问道：

“他是借了你的钱才开始做生意的。不但不谢谢你，还骂你吗？”

“我拒绝了他新的融资请求。于是他就说，凭什么我这样的老太婆可以把钱攥在怀里腐烂，而像他这样的有前途的年轻人，却要仅仅因为缺乏资金这种理由就赔上人生？这不公平。”

“老太婆？”

“他没有说老太婆，只是说我是已经不年轻的女人。我太生气了，就把手里的勺子朝他扔过去，还冲他说，不如你干脆杀了我把钱抢过去吧！结果很倒霉，那勺子砸中了罗佳的眼睛，把他的眼皮划破了。”

说到这儿，我们的谈话被打断了。贝克尔女士走近我们，打开一个散发着甜香味的纸袋递了过来。

“要来一块吗？”她劝诱道。

“贝克尔”在德语里意为“面包师”，这个名字可以说真是太合适她了。贝克尔一词源于动词backen，意思是烤面包或者烤曲奇，也有烘焙者的意思，所以面包师们也叫作Bäcker，这么一想，就会觉得这个名字贴切得甚至有点不自然了。我瞥了一眼散发香甜气息的纸袋，里面装满了饼干。

“因为是太极拳饼干，所以我试着烤成了马和鹤的形状。”

她似乎是特意考虑到这周要练习鹤的姿势，就结合之前野马的招式，烤了这些饼干。

饼干虽然小，但轮廓却一点不含糊。表面泛着深金棕色的光泽，入口酥脆，甜味则显得有些含蓄。

纸袋上印着“Rosemary Becker”（罗斯玛丽烘焙）的标志。

“您有自己的店吗？”我问道。

对方则露出羞涩的微笑点了点头。

奥莉安女士于是打听起来：“真了不起。您的店在哪儿？”

贝克尔女士做了一个用手拨开面前空气的动作，回答道：

“在森林里，实在是很不方便。不值得从这里特意跑过去买点心。”

她的说法就好像并不想让人去到她店里似的。但就在我要离开的时候，她却叫住了我，一边说着要不要试试这个，一边把一小盒点心递了过来，点心盒上不仅有“Rosemary Becker”的标志，还仔细地印着地址。不过我很怀疑“格林之森大道一号”的地址是否真实存在。

在回家的路上，我和一位身材矮小、满头银发的女士擦肩而过，她推着助行器慢慢地走着。

见她步履蹒跚，我便试着同她搭话：“有什么需要我帮忙吗？”

如果她是迷路了，那最好快点回家。在秋天，刚刚进入黄昏的时刻气温会骤降。只见女人停了下脚步，对我说：

“请看看这个，被抛弃的月亮。”

她用下巴指了指助行器的杂物框，里面有一面和脸差不多大的镜子，映着一轮满月。我抬头看了看夜空，却没有发现月亮。正想再确认一下镜子时，推着助行器的女性却忽然迈开了脚步。她背影很快就变得很小了。既然能走得那么快，那就不用担心她会摔倒受伤了。虽然刚才她看起来走得很蹒跚，但可能是我的错觉吧。

前些天的广播里提到，随着冬天临近，因为摔倒而住院的老人会逐渐增多。我感觉自己好像读过一首诗，内容是如果想欣赏美丽的月亮，就去到那些被遗忘的老妇人身旁。又或许是我记错了吧。

我又抬头望了望天，依旧没有月亮，只有淡淡的云残留着，让漆黑的天空显得更加暗淡。

一回到家，我便立刻查询了“展开双翼的鹤”一式的汉字写法。“白鹤亮翅”，四个字排在一起，宛如一座豪华的宅邸。稳固的“白”和“亮”像是建筑坚实的骨架，而“鹤”和“翅”则为建筑增添了华丽的装饰，我仿佛看到了墙上爬山虎的叶子在风中摇曳，蝴蝶聚集在此，连它们翅膀的摆动和与光线的嬉戏都得到了表现。

因为是日文网站，所以在“白鹤亮翅”的后面还在圆括号里用片假名“バイ·フー·リャン·チィ”注了音。片假名看起来像是锡制的玩具。此外，还用平假名写了“はっかくりょうし”。光听这个发音，可能会想到“八画渔师”这几个字。就算在日本说“はっかくりょうし”估计也没有多少人能听懂，德国就更不用说了，甚至在中国，恐怕不写出汉字来，也没人明白它的意思。我被“はっかくりょうし”的奇妙发音包围着，感受到了一种仿佛被独自遗留在某处的孤独。

陈老师用德语只说了“鹤”，并没有明确是“白鹤”。因为从来没见过其他颜色的鹤，所以觉得“白”的形容显得多余，有点画蛇添足。

那还是住在日本时的事了。在作为保底报考的某私立大学入学考试里，出现了要求解释“矛盾”一词由来的题目，虽然不是“画蛇添足”，但在写答案时，我却不由得开始思考起“画蛇添足”一词。如果在考试里因为无聊多写了额外答案却反被扣分导致落榜，会是一件多么可怕的事情啊，想到这儿，我禁不住背脊一阵发凉。忽然间就看到了一条长了脚的蛇从考场地板上嗖地爬过。啊，有足蛇这种生物，果然是存在的啊。既然有词，那词语所指代的事物就必然存在。那条蛇企图爬上我的鞋，我下意识地抬起膝盖，却重重地撞到了桌子。监考官问我怎么了，我不知道该怎么回答。额头渗出了黏糊糊的汗水，心脏跳得像急促的钟声。虽说是作为保底报考的大学，但我却莫名其妙地落榜了。

我继续在网上搜寻着有关于白鹤的有趣信息，意外发现了一个名叫“赤鹤”的人所写的博客。这个人似乎很精通《易经》和中医，还分享了一些有关太极拳的小知识。根据赤鹤的说法，我们现在所练习的二十四式太极拳，实际上是二十世纪六十年代创编的，形式相对较新。

传统的太极拳包含上百个动作，练完一整套很费时间。如果劳动者们早起晨练，就会因此耽误工作。于是便从这些动作中合理地摘取出重要部分，编成了这套，只需六分钟不到就能激活全身的关键部位的、适合现代生活的二十四式简化版极速太极拳。这是就赤鹤在博客中所写的内容。

M先生的回信来得比我预想中还要快。可能是邮局的效率高，也可能是他暂住的地方离这里并不远。不过可以确定的是，M先生读了我的信之后，很快就写了回信。

“很抱歉不是手写的。我的手抖，写不好字。虽然抖得不厉害，但一动笔就会抖。我没有带电脑，就借用了住处的电脑。另外，我也应该为自己没有仔细说明就外出旅行一事向您道歉。我不是个好邻居。对不起。我目前在立陶宛，接下来似乎要去拉脱维亚。旅行都交给我的伴侣安排了。这好像是一趟与业已消逝的古普鲁士人的亡灵相见的旅程。之所以会这样是有理由的。我的伴侣在战后作为德国人被波兰人歧视，逃到西德后，又因为在波兰长大而被当成波兰人歧视。他对斯拉夫人和日耳曼人都很讨厌，所以开始主张自己是有别于两者的、已消失的古普鲁士人的后裔。古普鲁士人是一个被同化消失的民族，他身上或许真有这种基因。而我说不定也是古普鲁士人呢。”

电话铃响了，但我无视它继续读信。

“进入正题吧。很抱歉直言，我不认为您偶然得到的那本关于东普鲁士的书是可信的资料。尽管在我的亲戚中也有人冒着生命危险反对纳粹，但战后却仅仅因为是德国人就被当作纳粹，遭到波兰人殴打。但历史需要从更长远的视角来看。我们应该忘记自己属于哪个国家，就像一只飞翔在空中的鹤，从空中俯视人类愚蠢的争斗，我们必须发自内心地质疑，为什么会发生那样愚蠢的战争？回柏林之后我可以把我有的书借给你。我是个工程师，但年轻时就喜欢读历史书。之前见面时我提到过，我的姐姐是建筑师，她通过建筑赋予战争记忆以形状。这是我做不到的。我甚至无法很好地讲述历史，只是这么多年以来，我对于尽可能地了解到更多知识的渴望是始终如一的。所以我读书。虽然我还有想写的，但这封信就到此为止吧。”

就像被风吹灭的烛火那样，信到这里突然结束了。我被独自留在这里。环顾四周，发现沙发旁照到灯光的地方形成了茧一般的明亮区，灯光之外，则是宇宙般的黑暗。

之前已经停下的电话铃声再度响起。说起来，我在读信的时候它也响过，但当时我无视了。我接起电话，是苏茜。

“刚刚是出门了吗？”

“啊，嗯，算是吧。”

“太极拳吗？”

“不是，今天没去。”

“那是看电影了？”

“也不是电影，是在院子里读信，可能没听到电话，抱歉。”

我撒谎了。虽然院子里确实有长椅，但我还从来没在那儿坐过。

"难道你收到情书了？"

"怎么可能。情书这种文体类型早就不存在了吧。"

"是吗？那你收到的信是什么类型的？"

"还记得我之前说过邻居是个东普鲁士来的人吗？他突然和伴侣一起出门旅行了，不知道什么时候会回来。但我有一个很想立刻问清楚的问题，所以写信给他，结果他回信了。"

"你问了什么问题？"

"我问他，有没有一种可能，人可以不偏袒自己的民族，而是以一种平等的视角看待所有民族，并为历史提供证言。"

"哦，他怎么回答的？"

"他说，要是变成鹤也许就能做到。"

我于是跟苏西聊起之前在网上查到的与鹤有关的信息。我们的谈话不断偏离正题，甚至聊到"鹤的一声"[1]这个成语是什么意思，还唱起了"黎明前的夜晚，鹤与乌龟滑倒了"这种儿歌。

挂断了电话，我站起身来，在镜子前重复练习了几次太极拳里"白鹤亮翅"的招式。胸腔内的空间好

1　日本成语"鶴の一声"喻指有权势、有影响力的人的一声令下。

像一下子扩大了，我感觉非常舒畅。

之后一周练习的时候，我对陈老师说自己特别喜欢这个动作，她却苦笑了一下，建议我不要单独练习这一式，而是从第一式开始完整地练。那天，我比平时更早地到了太极拳教室，其他人还没来。于是我趁机问陈老师她的家乡是哪里。老师在更衣室的隔壁，停下了泡茶的动作，说了一句“Changchun”——至少我听起来像是这个发音。我正犹豫要不要请她写出汉字时，她却忽然笑着转移了话题：

“听说您以前演过电影？”

“只是当过群演。”

“我先生也参演过几次电影，都不是什么好角色。还演过只有三十秒出场时间的龙套，危险的动作戏却特别多。我是因为担心万一骨折了会影响生活，所以才劝他别再演了。但我丈夫却说：‘偶而演一下总可以吧？我会小心不受伤的，求你了，让我演吧，再不让我演电影的话，我就要抑郁了。’死缠烂打的恳求，简直跟吸毒上瘾的人一个样。您演电影的事好像在网上能查到，如果您有任何人脉，能不能帮忙推荐一下他？”

“很遗憾，我没有人脉，和群众演员差不多，还是自费制作的电影，酬劳也很少，无法维持生活。”

“我先生并不是为了赚钱，只是想上银幕，让观众看到自己而已。我完全理解不了。但我先生只要一想到再也没办法拍电影，就忧郁得不得了。所以如果您认识电影产业的人，能尽量帮我问问吗？只要是东洋的武术，我先生都有深入钻研过。就算是没学过的武术，也能模仿得像模像样的。”

陈老师的请求完全出乎我的意料，以至于我完全忘记了自己原本是打算请她书写她家乡地名的汉字的。

那一天，我一遍遍地练习着白鹤展开翅膀的动作，始终没有练到第四式。

不知道为什么，阿廖娜的心情似乎很好，她和我一样，就好像特别中意“白鹤亮翅”这一式。阿廖娜这个人，平时总是给人一种在大地上站得不是很稳的印象，因为她腿长、臀部稍大，又总穿高跟鞋，显得有些不安定。这一天，陈老师观察了一会儿她的动作，接着说道：

“白鹤展开翅膀，这个动作听起来很优雅，但请别忘了，太极拳的本质是战斗的技艺。这一动作是为了击退从后方袭来的敌人。为了发挥最大的力量，仅靠手臂的力量是不够的。您需要传导腹部的力量，在感觉力量从腹部传递到手臂之前，手臂不能有分毫的移动。”

训练结束后，我的心情格外轻松，仿佛是摆脱了过往沉重沙袋般的自己，将其留在家中，而自己却变成一只白鹤，在空中自由翱翔。在更衣室换衣服的时候，牙医奥莉安女士凑过来，告诉我苏茜已经开始在她的诊所治疗的事。

“我们诊所有供轮椅使用的大电梯，入口也没有门槛，厕所也是轮椅专用的。”

阿廖娜无视了奥莉安女士得意的炫耀，径直拉住我的手控诉道：“可爱的笨蛋罗佳一直缠着我借钱，烦死了。”

奥莉安女士带着讨好的笑容问道：“想借钱的是您的儿子吗？”

阿廖娜毫不避讳地回答：“我没孩子。是个小我很多的男人，我在照顾他。”

“年轻的恋人，很不错啊。日语里这叫‘云雀’，对吧？”克莱尔天真地插了一句。

我愣了一会儿才回过神来，连忙纠正：“不是‘云雀’，是‘燕子’。”

为了缓解纠正他人错误时可能带来的尴尬，我又补充了一句："用鸟类打比方还真是有意思呢。"

听到这话，奥莉安女士说："您知道德语里有'乌鸦妈妈'的说法吗？用来形容不疼爱自己孩子的母亲。"

"我知道。"

"那'布谷鸟的蛋'这个说法您听说过吗？"

"知道。布谷鸟把自己的蛋放进别的鸟巢里，让其他鸟来抚育，这是真的吗，还是童话？"

"唔，谁知道是怎么回事呢。"

奥莉安女士一脸认真地思考着答案。克莱尔则若有所思地微笑着，小心翼翼地抚摸着自己隆起的腹部。我则回想起一首名为《乌鸦为什么鸣叫》的童谣，说道：

"在我们国家，乌鸦妈妈会喊'孩子可爱，孩子可爱'。说不定不是妈妈，而是爸爸在叫。所以呢，我还是觉得乌鸦不爱孩子这样的说法是不对的。"

阿廖娜似乎满脑子都在想着罗佳，过了一会儿才抗议道："罗佳才不是我的年轻恋人，我只是帮他创业起步。"

"那一定很有意思。支持年轻人是一件好事，只是……”

说到这里，奥莉安女士顿了顿。我屏住呼吸等待下文。

她接着说道：

“不过，有时候年轻人会轻蔑那些为他们提供经济支持的年长者。不管是亲生父母、亲戚还是别人，全部一视同仁。他们希望钱从天上掉下来，那样就好了，可惜现实不是这样。年轻人实际上应该感激这些帮助，但有时候，他们又会因为自己过于依赖他人而产生一种不满，随即产生怨恨。”

我担心阿廖娜会因为这番话生气，但出乎意料的是，她用一种立马就要冲上去抱住奥莉安女士的态度说道：

“就是这样！他们太过分了！甚至说，对社会没用的老太太就应该早早立下遗嘱然后消失。虽然我知道他不是认真的。”

听了这话，奥莉安女士讲了这么一个故事：

“说起来，前几天上午我难得在家，有个电话打来，我接起来，对方自称警察，说在槐树街有两个抢劫杀人犯开枪了，让我不要出门。接着问了很多问题，比如我是不是独居，家里有没有现金。我如实回答了，说儿子住得不远但我一个人住，钱都存在银行，家里没什么现金。挂了电话后，我觉得不对劲，就主动打电话给警察局，结果警察说他们从来不会打这种电话。这其实是最近流行的诈骗手法，冒充警察套取独居女性的信息，得知家里有现金后就实施抢劫。”

尽管这不是应该笑的事情，但包括我在内，大家都没忍住，一起笑了。

要回家了。我走出建筑物，回头一看，发现陈老师正站在窗边定定地望向我。我假装去看挂在建筑上方的月亮，抬头望了望天空，然后转身离开。

回到家，我想给正在和伴侣一起旅行、追寻业已灭绝的古普鲁士人遗迹的M先生写回信。不过写信前，我先查了查关于古普鲁士人的信息。结果发现古普鲁士人和普鲁士人完全不同，不仅人种不同，性格也截然相反，把我都弄糊涂了。古普鲁士在波兰被称为Prussia，也就是P-Russia，有一说认为这个词的意思是“朝向俄罗斯”。

一旦意识到这一点，普鲁士，或是英语中的Prussia一词，突然间就分解为了两个部分，变成了“普·鲁士”。其中的“鲁士”，即俄罗斯，也缓缓地出现在我的眼前。但书里也写了，很遗憾地，关于普鲁士一词原本意指“朝向俄罗斯”的这一见解，并未得到大多数学者的认同。到最后唯一确凿的，就只剩下“还存在许多不明朗之处”这一事实。或许研究者就是那种能够耐心享受无法轻易解开的谜团的人吧。

互联网就像一条河岸宽阔、水流湍急而浑浊的河流，我就像乘在小碗里漂在水面上的一寸法师，顺流而下，却被冲进支流的支流里，经常忘了自己原本是想知道什么信息。

随着一次次的点击，屏幕上涌现出无数的信息，我飞快地扫视过去，可无论读了多少信息，都无法感到满足。就像吃再多的薯片也不觉得饱。对了，下次久违地去一趟大书店吧。搬来这里之后，我还一次书店都没去过，也没有坐电车专程跑去远处书店的余裕。D书店营业到深夜。不知为何，我忽然产生了一种，只要去到书店，就能与想见之人相见的感觉，这让我坐立难安。不如别等下次了，就现在出发去吧。

D书店坐落在酒吧与精品店鳞次栉比的繁华街区，是一家大型书店。距离我家有点远，过去需要换乘电车。在德国，晚上七点后还开门营业的书店实属少见。

我并不习惯在晚上心血来潮地出门，但有时也想打破自己的生活习惯。想象着晚上一个人出门，先去书店逛逛，再顺便到酒吧喝一杯，最后再慢悠悠地回家，就感觉自己好像成为了电影里的登场人物，有些兴奋。如果我是来这里旅行的，或许早就这么做了，但因为住在这里，生活被工作和琐事填满，渐渐习惯了只在步行可至的范围内活动。虽然我总说喜欢住在大城市里，但实际上，我倒更像是一个住在安静村庄里的虔诚的妇人，一到天黑就不出门，只是自己做饭，看书，然后睡觉。

站在车站的月台上，我看见黑色的施普雷河像一条丝带，城市的灯光照在河面，形成点点斑驳的倒影。我跟随人流下了台阶，朝着传来手风琴演奏的懒洋洋曲调的地方走去。

D书店就在车站出来后沿主路直走，左手边不远的地方。推门进去，一楼左侧摆满了日记本、文具和各种日历；正对大门的位置摆着成堆的新书，就像是在喊着“快来翻翻我吧”似的。在不太显眼的角落，有一扇门通向另一片空间，那里被十九世纪的风格的木质装潢所包围，是专门卖乐谱的地方。

抬头看向挑高的天花板，二楼的书架上装满了业已过时的CD和DVD，我看见客人们的双脚在架子前来回走过。他们或许和我一样，都是舍不得丢掉那浸透着熟得甜甜的旧时光的CD机的人。三楼则陈列着旅行书、语言教材、词典和专业书籍。心理学的书架大得出奇，哲学的书架显得单薄，历史的书架扎实稳重，还占据了好几排——从古代史、中世纪史、近代史，到民族史、文化史、地方史和国际关系史，几乎无所不包。但就是没有“东普鲁士”。

可以找到的是斯拉夫史、波兰史、苏联史，但东普鲁士的历史却不见踪影。一想到那么多原东普鲁士人定居在柏林，这种缺失实在让人无法理解。

没办法，我只好转向了一旁社会问题书架上的“少数民族”专区。然而那里也什么都没有。或许不能把从东普鲁士遣返回来的人算作少数民族，但在不远处，关于移民、难民、同化政策、新纳粹主义和民族主义的书籍却是一应俱全。即便如此，我还是没能找到讲述东普鲁士遣返德国人一事的书籍。

正当我快要放弃时，无意间瞥见了宗教的书架，于是走过去查看。这时，一本名为《普鲁士之谜》的书映入了我的眼帘。它周围的一众书装帧都很简朴，如同大学教授的穿着，唯独它的封面采用了粉色的字体，这字体滑稽地扭曲着，如同一部灵异漫画。出版社名叫“精神与幽灵”，这怪异的名字我从未听说过。

翻开书页，有一张石像的照片，看起来像是地藏菩萨和非洲太阳神合二为一的产物。

简单浏览序言后得知，普鲁士这个名字来源于居住在波罗的海东南沿岸的古普鲁士人，这个民族有自己的语言和文化。然而，中世纪条顿骑士团入侵并占领了这片土地，古普鲁士人逐渐被同化、消失，古普鲁士语也随之灭绝。在条顿骑士团的眼中，古普鲁士是野蛮的民族，因为他们难以被基督教感化，但事实上，他们有着自己独特的神灵。光是阅读书里的内容，就能感受到这位对古普鲁士人充满狂热的作者灼热的呼吸。尽管从学术角度看，这本书的可信度值得怀疑，但因为没有别的选择，我还是买下了它。

从书店回家的路上，我把装在纸袋里的书紧紧抱在胸口，但胸口之下的肚子却“咕——”地叫了起来，我想起上周贝克尔女士送了我一些饼干。“贝克尔”在德语里是“面包师”的意思，是很常见的姓氏。不过她并不是做面包的，而是经营着一家“康迪特莱[1]”，

1 德语Konditorei的音译，意思是“糖果店”或“糕点店”。通常指的是一种专门出售精美甜点、蛋糕、巧克力等食品的店铺。

也就是甜品店。

回到家，我立刻打开带去太极拳课的包。果然，装饼干的小盒子还在，但运动服却不见了，我吃了一惊，又突然记起是出门前忘记从洗衣机里拿出来了，于是慌慌张张地打开洗衣机。

“洗完不赶快晾，衣服会臭的！”洗衣机开口说话了。

我愣了一下，CD机和电饭锅因为是大阪的朋友送的，所以用带关西腔的口音说话，但洗衣机可是我从柏林的电器商店买的。

“你不是柏林出生的吗？”

“才不是，我是在波兰的工厂里制造的呀。”

“波兰也有关西啊？”

“你说这个口音啊？是电饭锅教我的。话说‘关西’到底是什么呀？”

我从来没想过，原来电器们会趁我不在的时候互相学习语言。如果是这样的话，那家电或许要比人类聪明更多。

住在德国的移民大多数都会尽力学好德语，但很少有余力学习其他移民的语言。比方说宝拉和罗伯特，她们的祖先来自南美，会说西班牙语。我和他们关系不错，但我就连西班牙语的打招呼都不会。我和阿廖娜虽然在太极拳课上聊得来，还一起喝过酒，但也从来没听她讲过俄语。在柏林这个多语言移民共存的城市里，各种语言其实鲜少交融。

但德语与移民的母语的融合现象，确实是存在的。比方说，当你无意中听见土耳其裔移民在街上彼此交谈，就会发现他们的土耳其语里混进了不少德语单词。这种交流需要有至少两个人拥有共同的母语。如今我身边没有会说日语的人，但以前和早濑住在弗莱堡时，我们会用日语聊天，也会混杂一些德语词，通常发生在对应的日语词反而让人一头雾水的时候。

“我在想要不要买艺术家社会保险[1]。”

日本没有类似的保险制度，所以翻译成“艺术家社会保险”可能会让人摸不着头脑。在德国，公司雇员的社会保险费用一半由公司承担，而画家、作家、演奏家等没有固定雇主的人可以买“艺术家社会保险”，这一组织会代替雇主支付一半的社会保险费用，同时提供医疗和养老金的保障。这里的“艺术家”涵盖范围很广，独立记者、演员、翻译家等都可以

1　“艺术家社会保险”一词，作者用片假名标记了德语原文的发音。

加入。

“我在想要不要买艺术家社会保险。”

过去的声音在脑海中浮现，那是我对前夫早濑说的话。他听后直皱眉，可能是意识到我以拍电影为契机，已经悄悄开始为留在德国做准备了。

不惜办理烦琐的手续也要购入德国的保险，这是否意味着我已经下定决心要长期留居德国了呢？早濑想到了，但我自己却并没有察觉，或许在内心深处，当时的我就已经产生了不再离开德国的打算。

我在客厅支起晾衣架，把洗好的运动服挂在上头，忽然发现自己的上半身在地板上投下了一个陌生又怪异的影子。因为弯着腰，影子看起来就像童话插图里的老妪。

当你过着一种周一和周日没有任何差别的生活，一周的时间就如指间流过的水一般转瞬即逝。唯一的救赎是每周一次的太极拳课。没有这节课，我的生活应该就会像没有标点的句子一样漫无目的地延续下去吧。

因为我天性比较拖拉，所以一旦有约就特别谨慎，有时反而会提前很早到达目的地。并且那天我还把手表忘在家里的洗漱台上，如果戴了手表，我可能会发现离太极课开始还有整整二十分钟，那样我就会在学校附近转转，消磨时间。

我往更衣室里探了探头，发现一个人都没来。

正当我站在那儿发呆时，一阵脚步声渐渐近了，是陈老师。

“我是不是来得太早了？要不我稍后再来。”

“不用。要不要喝杯茶？”

用作办公室的小房间的门开着，我看见桌上放着一套绘有水墨风松树图案的茶具。

“抱歉，打扰到您休息了。”

“不打扰。我只是在喝茶而已。”

我的内心有些摇摆不定。我一方面认为，我不应该像一阵杂音似的打扰老师独自喝茶的宁静时光，另一方面又忍不住产生了一种放纵的念头，觉得像她这样内心安宁的人，只是有人一起喝个茶，还不至于构成打扰。两种想法在脑中冲突、摩擦，我于是不再试图寻找合适的言辞，只是默默无语地站在那里，倒是陈老师主动倒了茶递给我。

“您是不是偶尔会摔跤？”陈老师忽然问道。

“没错，您看得真准。”

“您在走路的时候几乎不抬脚吧？上半身向前倾，脚在地上蹭着走。我前一阵从窗户看到了。”陈老师说，露出了像发现了蝴蝶的少女般的微笑。

“所以才从窗户观察我啊。”

“那样的走路方式对腰不好，也容易摔倒。”

“知道了。那要怎么走才能不摔跤呢？”

“答案就在野马身上。”

“是我们经常温柔地抚摸其鬃毛的那种野马对吧？”

“欸？”

“没什么，我只是觉得太极拳的招式名很有趣，有时候会展开很具体的想象，自娱自乐。”

“真不愧是写电影剧本的人呢。”

“没有，我从来没写过剧本，只是参演过一部独立电影，而且还是个配角。”

贝克尔女士探头进了房间看了看，打断了我和陈老师的对话。

“哎呀，你们在喝茶啊。我带了一种很适合搭配中国茶的点心。”

贝克尔女士说着，把藏在身后的蛋糕盒放到桌上，带着一种期待观众发出惊叹的魔术师的表情打开了盒子。盒子里整整齐齐地摆放着九块烘焙点心，形状像蜷缩身体的狐狸，有点狡黠。我发现点心可能分为两种，一类不谙世事，懵懵懂懂；另一类则热衷于寻找人类破绽，蠢蠢欲动。但我并不是说贝克尔女士本身有任何狡诈之处。

“这是非常适合搭配绿茶的点心。”

贝克尔女士圆润的面颊上挂着柔和的笑容，细看她的鼻梁，就会发现它将脸分成了对称的两半。鼻翼两侧的眼窝深邃，雕刻其中的眼瞳宛如暴雪里轮廓分明的湖泊。瞳孔的颜色是榛子般的浅棕。在此之前，我好像和拥有这种瞳色的人有过很长时间的交谈，但具体是谁却怎么也记不起来了。

“来，请尝尝味道吧。”

于是我和陈老师顺从地用食指和拇指捏起一块烘焙点心放入口中。虽然黄油的成分不多，但满满的坚果让点心质地湿润饱满，隐隐让人想起月饼。怪不得适合搭配绿茶呢。

趁贝克尔女士没注意，我飞快地瞥了一眼盒子的侧面，果然如上次一样印着“格林之森大道一号”的地址。

“这一定是家很棒的店，下次我一定要去买些蛋糕。”我故作天真地试探着说了一句，但贝克尔女士的表情却僵住了。

“不是非要特意跑一趟的那种店啦。”她斩钉截铁地说道，完全不像在谦虚。

如果不希望有客人去，为什么还特地制作了印有地址的盒子呢?

直到第二天早上，贝克尔女士的店铺依旧在我的脑中盘旋，挥之不去。我半信半疑地查了地图，没想到“格林之森大道”竟真的存在。我很吃惊。地图上显示，这条短短的小路位于一片浅绿色涂染的大森林入口处。那就是格林之森大道了。

地图用不同的颜色标注区域：居民区是浅粉色，大道是黄色，高速公路系统是鲜红色，浅绿色代表森林和草原，灰绿色则多半是废弃的工厂或空地。目光在地图的色彩间来回游走时，我突然有了立刻前往贝克尔女士的店，或者格林之森大道一探究竟的冲动。

我把自己的空想与地图一同叠起来，去给自己冲了一杯咖啡，开始着手翻译的工作。当我试图勾勒出克莱斯特的《洛迦诺的女乞丐》中无家可归的老妇人的模样时，脑海里浮现的却是童话插图中魔女的面孔。或许曾经被指认为“女巫”的那些人，实际上并不是什么巫婆。说不定就只是一些没有亲人，住在镇外或森林中里慢慢老去的普通女人罢了。

洛迦诺的女人死后变成了幽灵。虽说是幽灵，但显现的方式各有不同，她的情况是，完全看不见身影，只能听见脚步声和叹息声。是耳朵的幽灵。如果这些声音只有侯爵一个人能听到，或许可以说那是侯爵因罪恶感折磨而产生的幻听吧。

如果放在现在，侯爵大概会去接受心理治疗，等待着幻听消失的那天吧。然而在这部小说里，连侯爵的妻子、仆人和客人都能听到那声音。仅仅因为多几个人听到了，就能断言这不是幻听而是真实的吗？比如说，一个人说看到外星人，那可能是幻觉，如果五个人都说看到了，就能断定其真实存在吗？他们可能是被集体催眠了，又或者是被洗脑了。人类是很容易遭受集体性欺骗的生物，尤其是战争爆发时，大脑就像被卷入了洗衣机里，理性和知识都被洗刷得一干二净。

在克莱斯特的小说中，判断幽灵是否客观存在的标准竟然出乎意料地寄托在了一只狗的身上。

“第三天晚上，为了揭开真相，侯爵和侯爵夫人又怀着忐忑的心情向客房走去，这时，他们发现家中饲养的狗被解开了链子，正好站在门前；说不清为什么，但他们隐约觉得，有个独立于他们之外的第三方生物同行会更好，于是牵着狗进了房间。桌上点着两盏灯，侯爵夫人衣着整齐，侯爵则手持从架上取下剑和手枪放在身旁。两人各自坐在床边时，时间接近十一点。”

就在那时，附近的狗叫了。我记得自己以前也曾经历过这种巧合，在书里读到“狗”这个字的时候，外面正好传来狗叫声。这样的偶然让我嗅到一丝亡灵的气息，仿佛幽灵正用看不见的丝线将周围发生的各种事件串联起来。

克莱斯特那条将断未断的句子，通过分号不断延续向前。我有一种执念，觉得凡是德语中有句号的地方，日语翻译也必须加上句号，而每次我在原文无句号的地方加上句号时，都会产生一种罪恶感。但我又无法不加，因为句子不断延续下去，会让人感到喘不过气的。翻译者也需要时不时吸口气，否则会窒息的。

“在两人努力找些话题来消磨时间的时候，那狗蜷缩了起来，将头和前脚搁到一起，躺在房间正中间睡着了，然而午夜十二点钟声敲响了，那可怕的声音又一次传来；某个人类的眼睛所看不见的存在，拄着拐杖，正要从房间一角站起身来，随之而来的是草席被拖动的窸窣声，随着嗒、嗒、嗒的脚步声响起，狗睁开眼，支起耳朵，陡然间站起来，低吼着，像是有人接近一般，狗一边叫着，一边向壁炉方向退去；夫人看到这一幕，吓得头发直竖，一下子冲出房间。侯爵手执利剑，大声喝问是谁在那里，却无人回应；他愤怒至极，疯狂挥剑劈砍四周的空气；与此同时，夫人已决意逃到城镇，叫人套好了马车，就在急急忙忙地将行李搬出大门的时候，她看见城堡燃起熊熊烈火。是侯爵因情绪激动无法自控，仿佛厌倦了生存一般，点燃了房间四周的木板，夫人派人去营救不幸的侯爵，但为时已晚，他已以一种无比凄惨的方式死去了。乡亲们埋葬了他的尸骸，就葬在当年他逼老妇人站起来的房间角落。”

我发现自己屏住了呼吸，赶忙深吸一口气，又缓缓吐出。正当我想从正在翻译的小说中脱逃，起身离开座位时，不小心踉跄了一下，我连忙扶住了桌子。如果我就这么倒下去，那恐怕会落到与洛迦诺的女人差不多的下场。

我紧了紧围巾，将长外套的纽扣仔仔细细地扣到膝盖，走出了房间。目睹小说中熊熊燃烧的城堡，我心中的不安无处排解。走在大街上，我看见一只狗迈着小碎步着急忙慌地从我面前经过，它的鼻子贴住地面嗅探着前行。狗戴着项圈，却不见主人踪影。它要去往何方呢？或许它只是追逐着一缕甜香不断向前罢了。

如果我也像狗那样拥有发达的嗅觉，散步时说不定也会朝着散发甜香的方向一个劲儿地走，说不定我会追逐着香味，最终来到贝克尔女士开的店。

素来便摇晃得很厉害的环状线列车像摇篮一样载着我向城北驶去。虽然说是北，但也许稍微偏东了一些。虽然仍有些犹豫，却还是没能战胜自己的好奇心。从环状线下车后，我在那只有一条线路途经的公交车站等了近二十分钟，正担心它不会来了，巴士却突然如幻影般出现。上车后，我发现车里空无一人，便径直走到最后一排，把身体交给巴士的摇晃起伏。不知不觉间，针叶林覆盖了地平线，那不再是一片单独的森林，无数片森林相互交叠，我想象着，它们或许已跨过了波兰的边境，向着更远处绵延。

下了公交车，我看到一块立着的标牌，上面画着手绘风的魔女形象。看起来，沿着箭头指示的方向走，似乎就能到达“格林之森大道”。

指示牌是手写的，“格林之森大道”的名字看起来就像是为了招徕游客而特意打造的虚构景点。此时正值下午一个有些尴尬的时间段，四周听不到鸟鸣，当然也没有半点人影。

走了一会儿，我忽然想起贝克尔女士似乎并不希望有人去到她的店里。尽管脑子里想着说，应该折返回去，但却依然用脚尖沙沙地拨开满地的落叶，继续向前走去。陈老师曾经建议我走路时要抬脚，但此刻的我却还是用脚底摩擦着地面慢吞吞地前行。

随着越走越深，踩碎落叶的声音也愈发嘈杂，周围已不再有房屋或标牌，眼前只是一片连绵不断的树林。在这个只有树木构成的世界中，已经没有任何文字能告诉我此地究竟是哪里。会不会我不知不觉间越过了国境，然后被隐藏起来的士兵射杀？想到这里，我下意识地缩了缩脖子，但旋即又想起冷战早已结束。抬起头，我的目光正好与一只在枝头蹿上蹿下的松鼠对上了，它停在枝头望着我。东德早已不复存在，与波兰的边境也可以轻松跨越。但即便只是出来散个步，我也总会随身携带护照，因为我有好几次都梦到自己意外越过边境，因为无法证明身份而被困无法回家。

天空已经被铅灰色的云层所覆盖，考虑到这样的天气，恐怕天会黑得很早。我刚想要折返，在前方树林的缝隙间，突然就出现了一座红色三角屋顶的小屋。走近一看，这座小屋宛如童话书中的插画：屋子的墙壁上伸出一只涂满颜料的大手，手心上托着一块包着银纸的方形点心，仿佛还能闻到一阵甜香。我靠近了，刚想伸手去拿那块点心，随着丁零零的铃声大作，房门被猛地打开，贝克尔女士的身影出现在门口。

"啊，您真的来了啊。"

贝克尔女士如是说，语气里二分之一是对我的责备，四分之一是无奈，还有四分之一是隐秘的喜悦。

"抱歉啊，为了点心再远的路我也不怕走。"

我撒了个谎。

蛋糕也好饼干也好，要是有人请我吃，我自然乐意品尝，但我从来没有专程去拜访过什么声名远播的店铺。不过我对他人的秘密或者未解的谜团却无法置之不理。贝克尔女士为什么一方面在点心盒上印了地址，一方面又似乎不希望有人光顾。她的矛盾将我不由自主地吸引到了这里。

贝克尔女士露出一个淡淡的笑容，似乎早已看穿了我的谎言。

"会到这种不方便的地方来的就只有孩子们而已。

成年人要么追求品牌，要么只看价格，便宜就买。”

“孩子们会特意跑到这么远的地方来吗？”

“最近已经不怎么来了。以前倒是常来，发生了一件不愉快的事情，之后无论是小孩还是大人都不怎么来了。但我相信，只要耐心等待，总有一天信任是可以恢复的。”

说到这里，贝克尔女士的眼周隐约浮现出些许阴影。

“算了，请坐吧。意外之客也是客。既然走了这么远的路来到这里，就请尽情享受一场既甜蜜又苦涩的点心悲剧全套餐吧。”

贝克尔女士似乎已经接受了我突如其来的造访，并决心努力享受这个过程。在她的邀请下，我坐了下来，空气中漂浮的甜香更浓郁了，直冲脑海深处。

“我去里面泡点红茶，您可以趁这个时间选一下前菜、主菜和甜点。”

“前菜和主菜是点心，甜点也是点心呢。”

我看向展示柜，里面整齐地摆放着曲奇、饼干、松饼、蛋糕等各类点心，但没有标注价格。

贝克尔女士端着托盘回来了，托盘上放着红茶壶和茶杯。和在太极拳学校更衣室里不同，此刻的贝克尔女士洋溢着一种性感的气质，敞开的衣领露出丰满的胸部，似乎要溢出来一般，散开的头发也波浪般丰盈地垂下。难道是迷失在童话世界里的我，开始看见了不存在的幻觉?

“您选了哪种点心?”她问道。

我意识到自己有些走神，随手指向一块漆黑的蛋糕。

“您选了乌鸦蛋糕啊。这可是乌鸦妈妈为了孩子们拼尽全力烤出来的蛋糕。”

贝克尔女士的语气和平时不太一样，我感觉自己好像被当成了小孩子，但并不至于生气。一块乌黑发亮的蛋糕被放在雪白的盘子里端到了我的面前。我小心翼翼地用蛋糕叉戳了一下表面，尝了一口。巧克力的味道里夹杂着酸酸的醋栗，还有焦糖般的苦涩。“乌鸦妈妈”是德语里一种独特的表达，意思是“不疼爱孩子的母亲”，如果是这样一位母亲为孩子烤的蛋糕，味道复杂也不足为奇。

“店的位置如此偏僻，您没想到吧。”

“没有呀，春天到了，这一带大概会变得绿意盎然，来散步的人应该也不少吧。”

“但我的人生几乎都是冬天，谈春天的事也没什么意义。”

我一时不知道该怎么回答，只好默默不语。像是为了鼓励我似的，贝克尔女士接着说：

“请多吃点吧。难得跑这么远，只尝一块蛋糕就回去未免太遗憾了。至少得吃三块。我特意把蛋糕做成了法式尺寸，而不是德式的大块头，就是为了让客人能多尝几种。秋天的蛋糕大多朴实无华，但到了春天，有时我会用森林里采来的花装饰蛋糕呢。”

明明刚刚还在说谈春天没有意义，现在却主动聊起春天盛开的花。我忽然觉得，贝克尔女士似乎是想把话题切到春天的花，好掩饰黑乌鸦的秘密。

“您是为了采花才特地把店开在远离城镇的大自然中吗？”我直接问出了卡在喉咙里的疑惑。

贝克尔女士正面看着我的眼睛，说道：

“我以前确实在城中心开过店，那家店经营得还算不错。有一次，附近开了家连锁蛋糕店，但来我的店的客人也并没有减少。可过了一阵子，房东却说要把房租翻倍。在法律上是不可能的，但他找了很多刻意的理由，比如地下室需要改造之类的，甚至威胁说如果付不起房租就搬走。于是我起诉了他，律师告诉我说应该能打赢。但从那时起，我就开始因为不安而夜不能寐。我不想生病，于是撤回了诉讼，干脆关掉了店。那时，我听一个爱徒步的客人说，有个在森林入口开小卖部的人打算转让店铺。在最初听到是‘森林入口’时，我是不感兴趣的，可只看了一眼，我就喜欢上了这个地方。银行提供的贷款比预期少，所以墙壁的粉刷、地板的铺设和招牌的制作，全是朋友们帮忙一起完成的。看起来有点像是孩子们的戏剧节舞台布置吧？”

“像绘本的插图一样，很棒。”

“刚开始，我还担心会不会没有客人愿意来这么远的地方。后来发现，因为靠近徒步线路，春天和初秋的时节会来很多客人。随着客人越来越多，有些客人甚至说，如果周日不到这里买蛋糕，就没有过周日的感觉。”

“那算是成功了吧？”

“慢慢地，工作日里也开始有越来越多的孩子不带家长，自己骑车来这里。因为我会把卖相不好的蛋糕免费送给他们吃。对孩子们来说，蛋糕可不是他们用零花钱就能买到的小零食，所以免费吃蛋糕的消息一传开，他们就偷偷瞒着父母来了。我告诉他们，必须跟父母坦白，孩子们也答应了。我还接受过一次杂志的采访，标题是‘孩子们的梦想——森林蛋糕’。”

“真是太棒了。”

“不，其实也不是那样。假如接受采访的是名人那倒还好，但如果受到媒体关注的是那些过得比自己还穷的人，有些人就会嫉妒。当然我也不确定这是不是实际原因。”

“是被人找麻烦了吗？”

“没错。有人向警察举报，说我用蛋糕引诱小孩进店，然后对他们施暴。”

“说您对小孩施暴？”

“没错。”

“这种无稽之谈应该没人信吧？”

“但世道很奇怪，大多数人都只愿意相信他们想要相信的东西。事情的起因是，有个孩子往其他孩子的蛋糕上吐口水，我批评了他，他就生气地朝地上砸盘子，还摔碎了。于是我决定严厉地训斥他，但他却想跑，我就抓住了他的胳膊。我当然没施暴。不过那孩子当天放学时跟同学打架，额头受了伤。回家之后，他妈妈问他伤是怎么来的，他应该是撒谎了，说我拿蛋糕叉袭击了他。然后他妈妈就带着警察过来对我进行问话了。”

“警察听您解释了吗？”

“听了。幸好警察似乎并不相信我施暴的说法，也没有任何证据。”

“那就好。”

“但这之后，网上就开始流传一些奇怪的谣言。什么‘在城郊开了一家可疑的店铺的单身中年女人’，光凭这些就把我定性成女巫。我觉得在这些方面，中世纪和现在并没有很大不同。”

“如果有我能帮得上忙的地方，请一定告诉我。”

“谢谢。接下来我会一个一个地积累值得信任的客人。”

听着贝克尔女士的话，我胸口发闷，喉咙干渴。

吃完蛋糕后，贝克尔女士脸上那甜美的神情骤然消失了。告别时，我们彼此都显得有些冷淡。我独自走向公交车站，感觉身后的森林正随着夜幕的降临而逐渐膨胀。

公交车终于来了，因为有点孤单，所以我向司机道了声“晚上好”，司机则低声回答：“瓦尔德因萨姆凯特。”

公交司机不太可能在毫无前兆的情况下对陌生乘客说什么“Waldeinsamkeit（森林的孤独）”。或许是天色渐暗气温骤降，我的耳朵错误地将引擎声听错了吧。

有人对我说过，“Waldeinsamkeit”这个词指的是离开俗世独居于森林中的宗教人士的孤独。中世纪的欧洲，有些男人不住在修道院，而是独自在森林中过隐居生活。说不定也有女性尝试这么做，却被谣传成女巫。

钥匙插入锁眼的一瞬间，电话铃响起，这样的巧合也是有的。明明急着进屋接电话，钥匙却怎么也转不动。这次也是这样。好不容易转动了钥匙，我几乎是扑着飞进了起居室去接电话。是苏茜打来的。

“刚刚是出门了吗？”

“嗯，我去了格林之森。”

“去找狼？”

“没遇到狼，不过见到了魔女。想吃掉汉塞尔和格蕾特的那种女巫。”

“结果你因为肉太老被放过，然后回了家？”

“不是。那个被称为魔女的女人，其实只是个温柔的甜品师。说她是吃孩子的魔女，这都是诽谤，她只是喜欢看到孩子们因为吃到美味蛋糕而开心。只不过因为她训斥了一个坏孩子，网上就充斥着说她是魔女的谣言。”

“坏孩子？有多坏？”

“往别人的蛋糕上吐口水，还把盘子砸到地上摔碎。”

“真是个小坏蛋啊。你怎么认识那位魔女的？”

“她也来太极拳学校上课。”

“既然是魔女，应该长得很吓人吧？”

“她看起来很温柔，而且总是散发着甜甜的香气。”

“听起来是我想结交的那种魔女朋友呢。对了，谢谢你介绍我去看奥莉安医生。我是专门打电话来道谢的。”

“满意吗？”

“感觉值得信赖。”

“说实话，刚开始的时候，我对奥莉安医生印象不太好。她是那种讲英语时心情很好，但讲德语时却很不耐烦的人。我不喜欢这样的人。”

“为什么会讲英语？”

“不是和我讲，是和一个叫罗莎琳德的菲律宾女人讲英语。罗莎琳德的英语流畅得不得了，就和BBC的播音员一样。”

“你还听BBC？真了不起。”

“没听过。”

“为什么罗莎琳德英语那么好？”

“她从小在家就说英语，还去英国上过大学，现在在德国教英语。不过最近她气色不太好，可能是生病了吧。”

和苏茜聊过了琐事之后又过了一周，再次看到罗莎琳德的脸的时候，我发现她的脸颊凹陷，眼睛大得不协调。更衣室里只有我们两人，我正打算开口和她说话，奥莉安女士恰好走了进来：

“你是不是生病了？流感吗？”她问道。语气不算冰冷，但却带着医生特有的冷静。

罗莎琳德垂下眼睛。“不是，倒也不是生病……”

她说得很含糊，像是刻意回避问题。

“发烧了吗？胃口好吗？”奥莉安女士换成了英语，或许是觉得这样能让罗莎琳德更容易开口。

“有件事我很担心……”

“是什么事？如果我能帮忙，请一定告诉我。”

“因为那完全是非理性的担忧，可能是神经衰弱的表现。但我越是这样想，就越睡不着。”

“觉得有人在追你吗？跟踪狂？”

“并不是那种积极的跟踪或者窥视的行为。”

“不是积极的？那就是有人在消极地伤害你咯？犯人是谁？”

“不是犯人，应该说是受害者。是一个女性。”

“那个人是谁？”

偷听着身旁谈话的我屏住呼吸，等待着答案。罗莎琳德似乎是意识到再模棱两可地谈下去也无济于事，突然间抖出了她的秘密。

“在浴缸里躺着一具女性的尸体。”

即使胆大如奥莉安女士也忍不住发出“啊？”的叫声。罗莎琳德用双手挥了挥，像是在平息奥莉安女士的激动，她接着说：

“请放心，她并不是特别可怕的幽灵。晚上我打算洗澡，在浴缸里放满了热水，却在水里看到了尸体。第二天早晨醒来再看，尸体已经消失了。然后我把冷掉的水放掉后，用淋浴冲澡。可我喜欢泡热水澡，如果不泡澡，身体就会冷得睡不着。所以第二天晚上又在浴缸里放了水，但却又看到了尸体。”

“是什么样的尸体？是认识的人吗？”

“不，不是家人，也不是亲戚朋友。但总觉得好像在哪里见过她，所以才这么害怕。”

奥莉安女士挺起胸膛，像是要驱散恐惧：

“别害怕。今天练完功，我陪你一起去，帮你揭开尸体的真相。”她宣布道。

似乎是害怕自己单独前往，奥莉安女士突然抓住我的上臂，说：

“她也会一起去。”

不等征求我的意见，她便擅自决定。这种做法未免有些霸道，但我还是顺从地点了点头。

“可以吧？今天太极拳练完后，我们一起去你家？”奥莉安女士确认道。

罗莎琳德点点头，用微弱的声音表示感谢。

这天我们学习了太极拳二十四式的第四式，搂住膝盖，朝前迈步的招式。与其说是搂膝，倒不如说是护膝。保护膝盖的愿望总是有的。如果膝盖骨碎掉了，活下去的信心恐怕也会出现裂痕。在我的膝盖上，还残留着摔倒后撞在硬水泥地上的痛苦记忆，但陈老师已经教给我如何走路避免摔倒，未来的人生或许可以少摔几跤。

太极拳的手势似乎总是不忘守护身体的前方。虽然不像拳击那样用拳骨明确地防守脸部，但太极拳也是守护胸前的空间，在身体前方划定边界，仿佛是在提示说，这里是我的领域，请不要闯入其中。但实际上，攻击者是不存在的，更不要说试图攻击脸部的敌人了。太极拳从一开始就不会制造这样的敌人。

我偷偷瞥了一眼贝克尔女士，她丝毫没有察觉我的视线，正拼命寻找自己手臂应该摆放的位置。她的敌人，是那些嫉妒他人的成功并散布恶意的人。仅仅这样搂住膝盖，朝前迈步，是否就能保护自己免受网络上的恶意中伤呢？

怀孕的克莱尔没有再守护膝盖，她看起来更像是在守护自己的下腹部，果然，陈老师提醒她“手再抬高一点”。

练完这一式后，我们又试着从头复习了一遍，但显然我们完全没有掌握第三式“白鹤亮翅”。陈老师叹了口气，提出让我们单独复习这部分：

“不要只是把手抬起来，而是要像一级一级地攀登身体内部的螺旋楼梯一样，慢慢抬高手臂。让我们来做个有趣的实验吧。”

陈老师让阿廖娜在地板上站稳，用伸直的双手从侧面用力地推她的右臂。阿廖娜纹丝不动。

“这样单靠手臂发力，是使不出多大劲的。不过请看，这就是螺旋的魔法。”

说着，陈老师便把自己的上臂顶在阿廖娜的背部与胳肢窝齐平的位置，用从脚底，到腹部，再到手臂的，以螺旋的方向引导的力量，从斜下方一举推了上去。结果阿廖娜立刻失去了平衡，踉跄向前差点摔倒。

“如果能有效利用力量，谁都能成为女超人。”陈老师笑着说。

阿廖娜特别兴奋：

“好厉害呀。等着吧，总有一天会听到独居老奶奶收拾强盗并移交警察的新闻的。”她半开玩笑地说。

听到这里，奥莉安女士也开口了：

“要是你都是老奶奶了，那我可就是白骨了。”

大家都笑成一团。

练习结束后，奥莉安女士、罗莎琳德和我暂时留在更衣室里商量对策。阿廖娜用充满好奇的视线看了我们一眼，又像是突然想起重要的事似的，匆忙地离开了更衣室。克莱尔高兴地说着要和丈夫去买婴儿车，之后便离开了。我差点脱口而出：“有人迎接新生儿，有人迎接死魂灵。”但看到罗莎琳德神情严肃，还是忍住了，没开这个玩笑。

“你到底住在哪里呢？”奥莉安女士问。

罗莎琳德则小声地答道：“抱歉，有一件很重要的事儿我忘记告诉你了。我住在离这里电车三站远的地方。”

“没必要道歉吧。我早就做好了心理准备，无论多远都去。三站而已，算近的。”

奥莉安女士摆出一副黑帮大姐大似的态度，率先朝车站的方向走去。

罗莎琳德的住所是一幢三文鱼色砖墙的建筑，乌鸦羽毛般漆黑的屋顶形似女巫的帽子。

“我住在二楼。”

“幽灵会飘在空中，所以住在哪一层都一样吧。不过小偷通常更喜欢光顾一楼。但现在我们要面对的不是小偷，而是幽灵，对吧？”

奥莉安女士像是在给自己打气，开玩笑似的说道，眼神却避开了我们。不知为何，我突然想起“寻找木乃伊者恒成木乃伊”这句谚语，身体僵硬起来。

罗莎琳德的房间看起来就像是电影的取景地。各处摆放的花瓶、立式书桌、装裱着田园风景的油画以及灯饰，营造出一种氛围，让人想起“维多利亚时代”一词。罗莎琳德敏锐地察觉到我的目光移动，说道：

“都是赝品啦。因为我喜欢英国戏剧，就忍不住把自己的家布置得像舞台布景一样。不过没花什么钱，都是跳蚤市场淘来的便宜货。”

她有些不好意思。墙壁上密密麻麻地摆满了英文书。即使不读标题，仅仅就扫一眼书的外皮，从装帧风格上就能立刻看出，这些书不是德国的。

“要不要喝点红茶？”

“浴缸里躺着一具尸体，我们还能悠哉喝茶吗？”听到奥莉安女士这么说。

罗莎琳德皱起她光滑的小麦色的额头，答道：

“现在进浴室是看不到幽灵的。幽灵就像演员，没有到自己出场的时候是不会现身的。我们先喝茶，然后我会往浴缸里放水，接着关灯，再拿着蜡烛去浴室。”

顺着罗莎琳德用下巴示意的大概方向，我看到衣柜上放着一个叉形银烛台。

罗莎琳德用熟练的手法擦燃了火柴，在三根蜡烛上点燃了火。

“感觉有点像是在演戏呢……不过我喜欢演戏，所以很乐意参加。”一阵莫名的寒意袭来，为了掩饰自己的情绪，我半开玩笑地说着。

罗莎琳德定定地注视着我的眼睛，似乎在探寻我的真实想法，然后她说：

“我也喜欢演戏，是受我母亲的影响。我母亲老是把她在高中戏剧节上饰演奥菲莉亚的经历翻来覆去地讲。虽然她结婚后就再也没登上过舞台，但在她的内心，她永远是女演员。”

“你母亲是什么时候去世的？”

被奥莉安女士这么一问，罗莎琳德的身体猛地一震，就像触碰到电网似的。

“她还活着。”罗莎琳德纠正道。

奥莉安女士慌忙道歉，但罗莎琳德似乎并不在意这个误解，她被别的事分了神，开始用很快的语速说道：

“不过她患有糖尿病。在马尼拉找不到工作，我给她寄生活费。”

罗莎琳德将火焰摇曳的烛台放回衣柜，独自去厨房准备红茶。奥莉安女士转过带有几分阴霾的脸，低声对我说道：

“真是不容易啊！她的生活。该不会是因为疲惫和孤独，她才看到幽灵的吧？”

我忽然间想起了一件事，说道：

“或许幽灵真的会出现。它们可能有想告诉活人的重要的事情。比方说，因为不公正和暴力而死的幽灵，满怀怨恨，死也死不掉，只想让加害者知晓自己的愤怒，因此化形现身。”

我没提这是克莱斯特小说的情节。

“罗莎琳德应该没有做招惹别人怨恨的事吧？”

“确实。不过我听说幽灵有两种，一种缠着人，一种缠着房子。说不定在这座房子里曾经发生过什么。”

“不愧是翻译家，连思考都颇具文学气质。你干脆给罗莎琳德和幽灵当翻译吧。”

我不记得自己曾经向奥莉安女士提过自己从事翻译工作，于是暗自纳闷。大概是听谁说的吧。想了一会儿，想到了一个人，一定是我的朋友苏茜在找她看牙时提到了我的事。

不一会儿，罗莎琳德回来了，淡紫色草花图案的茶壶和三只配套的茶杯放在托盘上。茶杯放下来后，仿佛即将开始召唤幽灵的仪式，房间里紧张的气氛更焦灼了。

我称赞了茶杯，故作轻松地聊起与幽灵毫无关系的话题：“其实我前几天去了贝克尔女士的店。那家店在城外大森林的入口附近。”

罗莎琳德面露抱歉的神情，说：“你一定在贝克尔女士的店里吃到了美味的蛋糕，进行了有趣的谈话吧？不像今天，这么沉闷。不好意思让你大老远跑来。”

“没事的，虽然蛋糕确实很甜，但贝克尔女士的故事却很苦涩。她好像曾经在城里开店卖过蛋糕和饼干，生意红火，却被大连锁店排挤，只能搬到城外。即便是在交通不便的位置，慢慢地，她还是吸引了许多顾客，尤其是受到孩子们的喜爱，但又受到了恶意中伤。”

我原本想讲个轻松的话题让罗莎琳德振作精神，没想到气氛又变得沉重了。但罗莎琳德还是微微一笑。

奥莉安女士半开玩笑地说：“幽灵可能也很苦吧？或者是酸的。正因为酸，所以它才现身。”

在德语里，“酸”还有“冲某人生气”的意思。罗莎琳德的表情又变得暗淡，瘦削的肩膀微微缩起，语速很快地说：

“像活人一样活动的死人才是幽灵。而躺在我浴缸里的那个女人不会动。我不想用这种词，但那可能是一具尸体，不是幽灵。虽然眼睛是闭着的，但这具尸体的皮肤竟然还很水润，嘴唇是玫瑰般的红色。头发很长，穿着白色的连衣裙，是个美人。”

远处传来浴缸注水的声音，音调越来越低。我忽然冒出一个想法，脱口而出：

“为什么那具尸体是个美人呢？”

“什么为什么？”

“有些人会希望尸体一定得是美女。比方说，有好多画家都画水中漂浮的奥菲莉亚的尸体，总是把她画得很美。但你和那些画家不一样。尸体美不美，对你来说其实并不重要，对吧？”

听到这话，奥莉安女士猛地一惊，好像意识到了什么：

“那所谓的美女，不会是罗莎琳德你自己的身影在水面上的倒影吧？”

“不是。我可不是美女，也没有白色的连衣裙，头发也没那么长。再过三分钟，我们就去看吧。”

“如果浴缸里真的有一具尸体该怎么办？”事到如今，奥莉安女士突然冒出这么一句话。

“那就先拍张照片。”我忍住笑意回答道。

“拍照片做什么？”

“能被照片拍下来，才觉得是现实的。”

“幽灵不会出现在照片里吗？”

“既然有‘灵异照片’这种类别的存在，说明有些幽灵是可以被照片捕捉的。有一种情况是幽灵发出的声音能被听到，但人类的眼睛却看不到。还有一种情况是，幽灵是不可见的，但狗会吠叫，这样我们就知道有幽灵在了。”

因为红茶的关系，紧张的气氛消散了，一种类似于修学旅行晚上熄灯后的愉快的感觉涌现了出来。罗莎琳德的脸也渐渐恢复了血色。

奥莉安女士添了杯红茶，又望向书架。罗莎琳德一边轮流看着我们两人的脸，一边说道：

“我喜欢读书。小时候把父母书架上的书一排排都读了，最喜欢幽灵的故事了。英国人的一个优点是他们喜欢幽灵。”

“英国人？你小时候不是在马尼拉长大的吗？”

“是在马尼拉。但是父母书架上的书几乎全是英国人写的英文书。”

“好羡慕呀。”

“不值得羡慕。如果家里有很多有趣的母语书，我可能就不会读这些英文书了吧。虽然能读英文书是件幸福的事，但如果是因为没有母语的书可读，想想还是有点遗憾的。奥莉安女士，您小时候家里有德语书吧？”

“对，我的父母买了一整套德语文学全集，摆在客厅里当装饰。但那只是作为家具的一部分，是一种装饰，有没有真的读过就不得而知了。我是到了高中才偷偷读的。”

“偷偷读？”

“因为里面全是关于盗窃、谋杀、出轨的故事，我实在不明白父母为什么堂而皇之地把这种书摆在客厅里。大概是为了显得有文化才买的，但其实从一开始就没打算读吧。”

“美砂女士，你家里也有日本书吧？”

“当然。老家里全是日文书。”

“那是件幸福的事。”

“是吗？菲律宾家庭的书架上都会放英文书吗？”

“并不是所有家庭，但如果是有很多藏书的家庭，那书架几乎都会是英文书。母亲年轻时曾在美国当护士，后来与在那里留学的父亲相遇。两人一起回到马尼拉建立了家庭。后来我获得奖学金去英国留学，住在宿舍里学习，接触了最前沿的英语教育。毕业后，我能在柏林的语言学校教英语，也是托此之福。”

“为什么是德国？”

“对于像我这样的外国人来说，在英国找到教英语的工作很难。但德国有几所语言学校，会积极聘用来自新加坡、南非等地的老师。因为国际社会中，用英语交流时，谈话对象未必是英国人。教学生如何用英语与各种背景的人交流，正是这类教师的职责。我也在努力成为这样的老师，不过还有很多需要学习的地方。”

她滔滔不绝地讲述着自己的“优等生履历”，感觉幽灵没有丝毫插足的机会。

“那么，差不多该去看看浴室了吧？”我说着，站起身来。

罗莎琳德手握烛台，饮尽了最后一滴红茶，等着奥莉安女士站起身。奥莉安女士一边揉着腰一边说：

“那么，就去会会这位‘盖斯特’，听听她想对我们说什么吧。”

她朝我使了个眼色。“盖斯特”是德语，既有“幽灵”的意思，也可以指“精神”，所以听上去有点太理性了，一点也不恐怖。不过这个词作为“幽灵”使用时，通常是复数形式，叫“盖斯塔”。是因为浴缸里横卧的是一位女性幽灵，奥莉安女士便用了单数吧。要这么说的话，这个词在这里还是不该理解为“幽灵”，而应该翻译为“精神”。

三个人排成一列走在昏暗的走廊上，悄无声息地向浴室移动。走在最前面的是举着鹿角烛台的罗莎琳德，我居中，奥莉安女士为这支奇异的捉鬼行列殿后。烛火不断地摇曳，我们的影子在墙上舞动，一刻不停地变换着形态。

推开浴室的门，蜡烛的微光照亮了墙面白色的瓷砖，越过罗莎琳德的肩膀，我好像确实看到了，在浴缸里好像躺着什么东西，大小与真人相当。

“感觉这里确实有东西。”奥莉安女士在我身后平静地说道。

“反正不是什么都没有。”我尽量保持着镇定，附和道。

“能看到黑色的头发吧？”罗莎琳德带着确定的语气说道。

“没有看到，我还没有看到。”

我鼓起勇气像是要把罗莎琳德推到一旁似的，踏进了浴室。在微光的照耀下，我看到了在水中摇曳着的黑发，心脏猛地翻腾了一下，脑中忽然浮现出“越怕越想看”的说法。我又往前走了一步，黑发在水中摇动的模样更清晰了，我不由得叫了出来，罗莎琳德被我的声音惊到，跟着尖叫起来。

我横下心来，再次直视浴缸，周围很暗，我确实看到一个黑色的东西被微弱的光线笼罩。仰头一看，发现天花板上有一只腿长得可怕的蜘蛛尸体挂在蜘蛛网上。一盏小灯在蜘蛛后面照亮，蜘蛛的投影正好落在水面上。蜘蛛虽然不大，但其投影却放大得如人头一般，长腿在水波中摇晃，和头发一样。

我觉得直接断言“只是一只蜘蛛”有些残酷，正犹豫着，罗莎琳德似乎已经自己看清了，她的平静让我松了口气。我再次抬头注视蜘蛛，发现它的每条腿都以一种痛苦的角度扭曲着。我听见罗莎琳德在身后低声抽泣，转过身时，看到奥莉安女士从后面轻轻抱住了她的肩膀。

“我们还是先回客厅吧，好吗？”

坐回沙发上的时候，罗莎琳德已经止住了眼泪。奥莉安女士说着“喝点热饮可能会好些”，去厨房里重新冲泡红茶。剩下我和罗莎琳德两人。

“抱歉，我不该哭的。”说完，罗莎琳德就沉默了。

我有些尴尬，犹豫着，想着说些不触碰她情绪的弦的话题。

“你说过喜欢英国戏剧，经常去看吗？”我问道。

没想到这个问题却让她突然泪如雨下。幸好奥莉安女士这时端着红茶壶回来了。

“怎么了？”奥莉安女士惊讶地问。

罗莎琳德擤了擤鼻子，又开口说道：

“我母亲非常喜欢戏剧，她甚至说过，为了买戏票宁可一天只吃一顿饭。但她现在已经去不了剧场了。如果我住得近些，还可以打出租车带她去看，可是……”

奥莉安女士不停地点头，说：

“是呀。那下次回老家看看吧。你母亲大概很想见你。”

“我也在电话里和她这么说过，但母亲总是说不回去也行。”

“可她心里还是希望见到你吧？”

“我也这么觉得。但她说，不要花钱来看她，好像是在对我说，不如把路费省下来寄给她一样。我很伤心。”

“上一代人想法不一样。他们觉得为了家庭整体好一点，自己的寂寞是必须忍耐的。我祖母也是这样的。”

罗莎琳德点点头，表情渐渐明朗起来。奥莉安女士看了看时间，惊讶地说：“已经这么晚了。”我们于是向罗莎琳德告别。

“啊，忘记处理那只蜘蛛的尸体了。”

在寒冷的空气里前往车站，我想起了这件事，随即脱口而出。奥莉安女士停下脚步，嘴角浮现出一抹奇怪的笑容，说：

“没关系，让它留在那里吧。因为那只蜘蛛是罗莎琳德母亲的投影啊。”

那天早上，我一边喝咖啡一边听广播，听到了下午会下雨的天气预报。平时新闻一结束我就会关掉广播，但那天不知怎的，竟听完了全部的天气预报。

窗外是淡蓝色的天空，云如薄纱般蔓延，闪闪发光。我慢慢喝完咖啡，将围巾绕了几圈护住脖子后出门了。锁门时听到邻居的门开了，我屏住了呼吸，结果出来的并不是M先生，而是一个大块头、像熊一样的男人，齐肩的头发介于金色和银色之间。

“啊，您就是美砂小姐吧？”

陌生男子一边说道，一边打了开门，朝着篱笆方向走了过来。我一时没反应过来美砂小姐指的就是我。

“我叫班杜雷，米夏埃尔有东西托我转交给您。”

M先生有一位男性伴侣，我想起，就是他相信自已是古普鲁士人这一灭绝民族的后裔，总是追寻着那些遗迹四处旅行。我顺着他的邀请走进了屋子。和M先生不同，班杜雷的外貌让人很难亲近。

“我现在去煮咖啡，您时间方便吧？”

他发出邀请时语调和M先生有几分相似，或许共同生活的人，在进行日常性对话的时候，语气会变得相似。房间角落放着大靴子和登山包，这些物品都和M先生格格不入，想到它们应该是这位自称班杜雷的男人的东西，我理解了。

“米夏埃尔本来打算和我一起回家的，但因为姑姑身体受伤住院了，所以他直接从维尔纽斯搭飞机去了慕尼黑。”

“姑姑？真长寿啊。”

“是啊，今年已经一百零二岁了。”

“希望他也能见到他姐姐。”

“米夏埃尔的姐姐吗？”

“是的，一位建筑师，我记得名字好像是尼可拉·迈恩芬德女士。”

听到这话，班杜雷放声大笑起来。

“尼可拉·迈恩芬德是我以前写的一本小说里的虚构人物啊。我曾经以米夏埃尔为原型创作了一位男主角，但他太孤独，没有朋友，我觉得他太可怜了，就给他创造了一个姐姐。结果米夏埃尔非常喜欢这个角色，还经常提起这个姐姐。我就是她的造物主。这种感觉就像男人生了孩子一样，特别满足。”

“您是小说家？”

“不是，创作只是我的兴趣爱好而已。我想米夏埃尔可能一直希望有一个靠谱、有才能、在社会上也很成功的姐姐，所以我送了他一个。当然我实际上送给他的是小说，不过米夏埃尔可真是个害怕寂寞的人啊。”

“看不出来呢。”

“他是独生子，可能一直希望有个姐姐，既能扮演靠谱的母亲，又能替代工作勤勉且有名气的父亲吧。”

如果连他有个姐姐这件事都是虚构的，那么M先生讲过的其他事情也可能并不是真的。我关于M先生的印象会像一座纸牌屋，窗户一开，风一吹，就哗啦哗啦地倒塌吗？如果尼可拉·迈恩芬德真是一位建筑师，那她应该不会建造这么脆弱的房子吧。

“那他小时候从东普鲁士被驱逐的经历也是虚构的吗？”

“那倒是真的。所以他托我给您带几本关于东普鲁士的书。”

“那他是工程师吗？”

“这也是真的。”

咖啡的香气飘入脑海，一些早已忘却的与M先生对话的片段又复活了。

“那么，在哥伦比亚经营咖啡种植园的斯蒂芬·阿斯特先生，他真的存在吗？”

“嗯……斯蒂芬·阿斯特啊。我在小说里倒是没写过这个人。米夏埃尔以前也许有过这样一位朋友吧，但我没听他说起过。也许他由于某些见不得人的原因没提吧。”

我不出声地笑了，继续问道：

“但这咖啡豆，应该是那位斯蒂芬·阿斯特寄来的吧？”

“啊，原来是那个人啊！就是那个总从哥伦比亚寄咖啡来的人。他曾经开玩笑，说自己是阿斯特，不是茨威格，这我想起来了，的确有这个人。”

“阿斯特”的意思是大枝，“茨威格”的意思是小枝，分别是两个德语词。斯蒂芬·茨威格是奥地利出生的小说家，二战期间流亡到巴西。

我看着班杜雷的脸，突然很想知道更多关于他和M先生的事。

“您是古普鲁士人的后裔吗？”

班杜雷一脸严肃地答道：

“是的。但我说的不是基因或者家谱。有的人喜欢‘流淌着什么民族的血液’这种说法，但我觉得相当反科学。我是说，我继承了古普鲁士人的世界观。”

“我以前来这里的时候，家里摆着一个奇怪的人偶，那是古普鲁士的神吗？”

“不确定。什么样的人偶？”

我记得那个人偶似乎摆在玄关的鞋柜上，就回到玄关找，却什么也没找到。

“真奇怪。也许是记错了，或者是做梦梦到的。我当时还以为那就是古普鲁士的神明呢。”

“古普鲁士人有许多神明。多是类似于橡树之神的，与植物相关的神，也有动物神。”

“古普鲁士人死后会上天堂还是下地狱？”

“古普鲁士人不管生前多懒惰、多坏，死后都能过上快乐的生活。这是我特别喜欢的一点。不过他们有一个习俗是，人死后将尸体存放三天，并不断祈祷它不要腐烂，但夏天时怎么冷藏尸体，这点连学者都没能解开谜团。”

“也许是拜托了冰箱之神吧。”

“哈哈哈，冰箱之神？难道在您的国家还有这种神明吗？”

“和家电对话，这不是国家的文化，而是我个人的文化。”

“其实我也觉得自己和冰箱之间有友情。特别是冷冻室，像雪景一样，我很喜欢。”

“古普鲁士人总不至于靠吃冷冻食品过活吧。他们吃什么？”

“他们养牲畜、捕鱼、种麦子做面包，还养蜂采蜜。”

“很普通。”

“是的，普鲁士人是非常普通的欧洲人。只不过不容易被基督感化。所以条顿骑士团之类的群体感到恼火，留下了不少古普鲁士人‘极为野蛮’的记录。”

“但是古普鲁士人并不是被灭绝的，对吧？”

“是的，没有种族灭绝的记录。似乎是自然地被同化，然后消失了。好像也没有人硬要他们说德语、波兰语、俄语，他们只是觉得方便，就学了，用了。”

“他们好像并不太在意‘骄傲’之类的东西。”

“我就喜欢这一点。但或许这就是别人将他们视为懒人的原因。比别人多干点活、多赚点钱，这种欲望他们是没有的。说起来，您的民族倒更像是条顿骑士团，渴望更富足的生活，拼命工作，甚至跑到别人的地盘上去，是有这样的倾向吧？”

他突然将矛头对准了我，我一下子紧张起来。

班杜雷用厚实的手掌拍了拍我的肩膀，像是在让我放松，接着说道：

“我并不是在批评您。只是我以前因为工作关系在长春住过一段时间，经常听人讲起那时的事情。‘长’是长久，‘春’是春天的意思，对吧？”

我愣住了。起初听到陈老师说自己来自“Changchun”时，我完全没有联想到这两个汉字，但现在，“长”和“春”两个汉字却清晰地浮现了出来。班杜雷不仅对东欧那些业已消失的民族的历史感兴趣，显然对亚洲的历史也很关注。

“您的国家，当时想要将邻国置于自己的控制之下，结果反而陷入国际社会的孤立，对吧？”

我突然想起曾做过的一个梦。不知道为什么，我迟到了，匆忙冲进一个类似会议室的房间，那里早已聚集了许多宾客，大家手里拿着酒杯，站在窗边开心地闲聊。男人穿着军服，女人穿着晚礼服，回过神来却发现只有自己身上竟然还穿着睡衣。房间正中央摆放着一张长方形的桌子，上面放着一块插满五颜六色国旗的大蛋糕。

接着，有人用勺子轻敲酒杯的边缘，听闻此音，大家毫不犹豫地围坐在桌子旁。桌角的位置空着，我很想坐到那个座位上，但身体却僵住无法动弹。还有人指着我窃窃私语。注意到这一点后，我的心底突然涌起了敌意：哼，我本来就没打算跟大家一起友好地分这块蛋糕。明明大家只是为了争夺领土，却装成一副友善的模样，反而嘲笑迟到且穿着睡衣的我。伪善者制定的规则，我才不会遵守呢！我下定决心直接将那块蛋糕抢到手，要多少就拿多少。于是抓起蛋糕刀，刚举过头顶，就有人尖叫了出来，我就醒了。

“您没事吧？”

听到班杜雷先生的声音，我回过神来。他把左手搭在我的肩上。关切地问道：

“怎么了？”

我没有讲白日梦的事，而是说起了长春。

“其实，之前太极拳老师告诉我她是从长春来的，但在我的国家，我们把这个城市念作‘Chyoshyunn’，所以我一直不知道是指哪座城市。刚刚意识到，觉得有点惊讶而已。”

“您是明白为什么老师只对您那么冷淡了吗？”

“没有，老师对我从来没有冷淡过。她对每个人都非常温暖，完全一视同仁。不论对方是德国人、俄罗斯人还是菲律宾人，她都是同样温暖。”

“所以您因此安心了？”

听到这话，我有点生班杜雷的气，反驳道：

“您难道不是因为讨厌自己德国人的身份，才会说自己是古普鲁士人的后裔吗？人真的能那么轻易地选择自己的祖先吗？”

“那当然不可能。”

班杜雷苦笑了一下，有些困扰地用右手摸了摸自己头顶的发旋儿。

“我的父亲是来自格但斯克[1]的德国人，母亲的家人是从乌克兰移居德国的俄罗斯人。您也知道，住在乌克兰的俄罗斯人往往被乌克兰人厌恶，而移居德国

1 波兰海港城市，波罗的海沿岸的航运贸易中心，德语称“但泽”。

后，又常常被德国人歧视。另一方面，我父亲作为德国人，在格但斯克成为波兰领土后，遭到了一直以来都交好的波兰邻人的疏远，而移居德国后，又因为来自波兰而被蔑视。我的家人全都是这种没有归属感的人。”

“您自己是如何克服这些偏见的呢？”

“首先需要承认自己也有偏见，这是关键。但这也太一本正经了，其实还有一种做法，更接近于游戏。”

“接近于游戏的做法？”

“没错。您不觉得大家对自己的祖先都过于认真了吗？不停地夸耀自己的家族世代如何如何，其实毫无意义，不是吗？所以我就怀着游戏的心态，随便地把古普鲁士人定为自己的祖先。”

我应该是露出了想要知道更多的表情，班杜雷有些担忧地接着说：

“您善于倾听。无论什么话题，您都饶有兴趣地像海绵一样吸收进去。所以我总是滔滔不绝地讲自己的故事。但会不会实际是您觉得很无聊，听我的长篇大论感到困扰呢？”

我坚决地摇了摇头，班杜雷用低沉的声音接着说：

“我是人生的失败者。即使找到工作也很快就会沮丧抑郁，辞职了好几次，住院的经历也不计其数。不过自从开始研究古普鲁士人，我的情绪就稳定在中上水平，实在是值得庆幸。”

说到这里，一直轻松愉快的班杜雷的表情突然变了。不知道为什么，他似乎开始警惕起我来。我借口有事要忙，向他告别后起身离开了，但胸口却一阵闷痛，当晚我辗转反侧，迟迟难以入眠。

我原本希望和M先生一直维持一种轻松随意的关系，但却写了那样一封信，好像一直追踪到人家的旅行目的地。那封信里有一份急切，让轻松随意的东西无法继续轻松随意下去。似乎在我内心的某处，始终燃烧着一份渴望，渴望改变当下由松散牵引的丝线交织而成的生活，由这渴望催生出的焦虑，又与自己无知地闯入世界史的焦虑累加在一起。我到底应该怎么做才好？我无意识地寄希望于M先生，希望他能给我解答。尽管他无法为我提供答案，我却依然一厢情愿地期待。当这期待落空，我便转而靠近班杜雷，竭力挖掘他的故事。而这一举动却加剧了那些已经开始扭曲的事物的形变。我与邻居之间的关系，原本就不是以高墙相隔，只用篱笆划分界限，本无处产生裂痕，但现在，我们的关系却开始出现类似裂痕的东西。

太极拳的练习，就像秋天逐渐过渡到冬天那般笃定，从第三式到第四式，从第四式到第五式，缓慢地进展着。太极拳总共有二十四式，我期待着最后一式，心情就像一个小孩，每天打开圣诞倒数惊喜日历的一个小窗格，期待着圣诞夜到来。那种圣诞倒数惊喜日历是由厚纸板做成的，有二十四个小窗，标注着从12月1日到24日的日期。每打开一个小窗，里面就会有一块小巧的巧克力。打开最后一个窗的那天便是圣诞夜。

“第五式是PIPA。”

那天的陈老师满脸笑容，仿佛在传达一个好消息。然而我完全不知道PIPA对应什么样的汉字。从陈老师口中发出的“P”的音听起来有点像“B”。说不定其实是BIBA。我想起自己没能意识到“Changchun”其实就是长春，咬紧了嘴唇。一想到长春的居民，或许直到现在都还在怨恨那个建立傀儡政权、将政治变成提线木偶戏的邻国，我就无法直视陈老师的脸。

“您知道那种梨形的、像鲁特琴一样的乐器吗？那就是PIPA。”

陈老师的话语钻入耳中，我听到拨子击弦发出‘铮’的一声，脑海里忽然清晰地浮现出“琵琶”二字。四王并立的豪华字形让我瞬间豁然开朗——原来“琵琶”就是PIPA，我像冲热水淋浴一样沐浴在将看似毫无关联的事物关联起来的快感之中，抬起头，看到了陈老师沉稳的表情。

“琵琶是不是就像中国的巴拉莱卡琴？”

我听见身后传来一个粗重的声音。是阿廖娜。

“可以这么说。不过让我说的话，我会说巴拉莱卡是俄罗斯的琵琶。总之，大家请想象自己喜欢的弦乐器，像这样抱着就好，什么乐器都行。”

说着，陈老师摆了个姿势，看起来不像是在弹琵琶，倒像是在演奏竖琴。

“但我们不仅仅是在演奏音乐，而是要保护自己，抵御眼前的敌人。”

陈老师稍微调整了一下姿势，或者说她调整了一下心态，我不清楚。但仅仅一瞬间，弹竖琴的动作变成了战斗的姿态。

“太极拳既是音乐，也是武术。不仅如此，即使没有乐器或敌人，保持这个姿势，据说也能缓解头痛和胃痛，甚至能够减轻焦虑。换句话说，只当作是为自己的健康而活动身体也可以。”陈老师笑着说。她将自己肩膀的重量交付于地球的引力，手臂自然地落在应有的位置上，没有丝毫僵硬。

我们从第一式开始复习，一直到琵琶出场的部分。动作虽然不算整齐，但却产生了一种像在同一个舞台上表演戏剧般的默契感。这部戏剧里，出现了弹奏琵琶的人,在膝盖前拂袖的人,展翅的鹤,以及分开野马鬃毛的人等各种人物与动物。虽然演员各不相同，但独特的是，每个演员都扮演了所有的角色。

练习结束后，我走进更衣室，房间里的罗莎琳德腼腆地笑着对我道谢：

“前一阵谢谢你。多亏了你，浴室不像坟场了。”

这时，刚走进更衣室的奥莉安女士一边打量着我和罗莎琳德的脸，一边发出了邀请：

“要不要一起去绍宾纳剧院看《哈姆雷特》？这出戏太火了，票几乎买不到，但我的一个病人有内部关系。”

罗莎琳德像少女似的拍着手欢呼。我很意外，奥莉安女士不仅邀请了罗莎琳德，还邀请了我，也许是那晚的“幽灵狩猎”把我们三个人用看不见的线连接在了一起。

背后传来纸张沙沙作响的声音。回头一看，是贝克尔女士打开了纸袋，她给克莱尔递上饼干。

“预产期快到了吧？宝宝现在是不是已经在您肚子里练太极了？”

“能练到快临产是太极拳的一大优点。以前我还打网球，但因为怕摔倒就停了。太极拳可能是唯一不会让我摔倒的运动吧。”克莱尔说着，笑着接过一块稍大的饼干，一口吃掉了。

罗莎琳德和我也被邀请吃饼干，于是各拿了一块，奥莉安女士则拒绝了：

“我毕竟是牙医，只会在别人看不到的地方吃甜食。”奥莉安女士补充道。她不是没有幽默感的人。

阿廖娜则是客气地笑了笑，迅速拿走了两块饼干，然后拉着我到一旁，突然提出要邀请我去她家。

“周六来我家玩吧？我会炸特制的皮罗什基[1]招待你。”

“你过生日？”

“不是，其实是想找你商量点事。我支持的一家初创企业据说要进军日本了，而且已经找到了合作伙

1　一种油炸小馅饼。

伴，但那个公司看上去有些可疑，我想调查一下它的背景。”

我很快答应了下来，也想窥探一下阿廖娜究竟过着什么样的生活。她继承了一笔足以投资的遗产，可能住在令人瞠目的豪宅里吧。

回到家后，我立刻在地图上查找了阿廖娜给的地址。那是一条位于城镇西南方向，面朝湖泊的短街。有一次，我受宝拉和罗伯特的邀请去那个湖边玩，曾经在那片排列着别墅的安静住宅区散过步。当时我们三个人都觉得饿了，想找一家卖土耳其烤肉或者烤香肠的店，但那里别说这样的店，连报刊亭和超市都没有。

“真不方便。住在这种地方的人真可怜。”罗伯特抱怨道。

“你竟然同情住高档住宅区的人？真笨。”宝拉一边说，一边用中指轻戳他的额头。

“哪里笨？要是他们知道还有像我们家那样一楼是希腊餐馆，旁边就是报刊亭的理想环境，肯定会羡慕住在那边的居民。”

有一种现象是，在你想起一个人的时候，那人就会联系你。我正回忆和宝拉、罗伯特的散步，一边看着地图，宝拉的电话就来了，问我要不要周六一起去看弗里达·卡洛的画展。虽然是小规模的展览，但主题是“女性的身体与死亡”，弗里达·卡洛的作品应该会与其他画家的作品一同展出。我说有事去不了，但她仍然极力邀请我。我感到有必要解释自己去不了的原因，于是告诉她，我被一起练太极拳的一位俄罗斯人邀请去她家做客。

或许是推理剧看多了，挂断电话的一瞬间，我竟然想，即使我突然失踪，宝拉的证词“她去一起打太极拳的俄罗斯人家里了”也能成为警方寻找我的线索。

我并不是特别喜欢推理剧，但每次打开电视，总是能看到好像有人要被杀的场景。而当我顺势继续看下去，总会有人真的被杀。或者我刚打开电视的时候，就已经有人死了，一具被盖上帆布的尸体横在河边的草地上，穿着工作服的人正在周围进行搜查。在名为电视的这个小盒里，每天究竟上演着多少起杀人事件呢？

这天晚上，我依然读着克莱斯特的小说，觉得脑子有点累了，就打开电视，正好是审问的场景。

“那天你接到谢尔盖的电话，他说家里的燃气热水器出了问题，请你马上过去修理，你去了对吧？有人能证明这件事吗？”

被问的男人皱了皱眉，思索了两秒钟才回答：

“是的。出门前，我的同事给我打电话问我要不要一起去喝酒，但我以去谢尔盖家修燃气热水器为由推辞掉了。”

我很好奇，在电视剧里，那些负责提问嫌疑人的人究竟该叫什么？脑中浮现了“审问官”这个词。这是我在来德国之前，读陀思妥耶夫斯基的小说时学到的词汇。而且不仅仅是“审问官”，或许应该是“大审问官”。这个词带有一种权威，也带着有和“魔王”一词相当的超现实感。

“然后你到了谢尔盖家，看到他面朝下倒在厨房里，对吧？”

对方进一步确认，嫌疑人如释重负般点了点头。但紧接着，一个出乎意料的问题迎面朝他射来。

“那你是怎么进到房子里的？”

嫌疑人明显慌了，用颤抖的声音回答：“门不知道为什么是开着的。当时我也觉得很奇怪……”

他说的似乎是实话，但听起来却很缺乏说服力。清白无罪的人也会慌张，会不会有人因为他们过于慌张，就判断他们是在说谎呢？相对的，应该也有那种，明明有罪却一点不慌张的人。

我关掉了电视。电视剧里的登场人物和阿廖娜一样是俄罗斯人，我觉得这应该不是巧合。就在这时，CD机突然开口对我说话了：

“巧合啦，就是纯粹的巧合。电视台又不是专门想着你来制作节目的。”

我家的家电总是用一种自创的方言同我对话，语气看似刻薄却并不伤人，语调冒着傻气却又意外犀利，总是让我忍不住笑出声，也让我重新冷静下来。孤独的时光，容易陷入妄想，家里有家电陪着，也是一件幸事。如果罗莎琳德独自一人在家时，也能和家电随便地谈上几句，她或许就不会较真到想象浴缸里有尸体的地步了。

阿廖娜让我周六下午三点左右到她家。这个“左右”的时间看似宽松，反而让我焦虑起会不会迟到，于是我提早出门，赶上了前一班公交车。因为这样，又赶上了前一班的电车，时间一班接一班地提前。一看车站的时钟，发现时间还不到两点半。

出门时下着的小雨不知何时已经停了。

“那你是怎么打发时间的？”

如果这是推理剧，警局里可能会有人这样问我。“我在湖边散步打发时间。”这回答实在太像电视剧里的台词，听上去很假。“可当时不是在下雨吗？”如果被这么问，我就回答：“没有，那时候雨已经停了。”那时雨确实停了。坐公交车时还下着小雨，可当我走下电车走出车站时雨就已经停了。如果我这么说，警察便能借此精确地推算出我的行动时间。

天好像又要下雨了，想着这个，我沿着缓坡往湖边走。湖水与天空的颜色浑然一体，一如融化的铅。一只狗跑了过来，鼻子贴住地面，它嗅探着，四条腿忙碌地迈着小碎步。那是一只白色的狗，肋部有一块心形的黑斑。在它的身后，一位戴着贝雷帽，竖着大衣领的女性，微垂着脑袋走了过来。她完全没看我的脸，应该没办法做我的目击证人。因为我也没看清她的脸，再见面可能也认不出来。但我不会忘记这只狗的黑斑。我有自信即使是在几十只狗里也能把它认出来。

明明没被卷入任何犯罪事件，我却总在想着这些事，我搞不懂自己。也许我是有什么别的不安，我的大脑是为了遗忘这种不安，才会做出这种奇怪的反应。

阿廖娜的家是此地林立的豪宅中的一座。庭院的栅栏做成两只对望的白天鹅的形状。透过栅栏，可以看到绿油油的草坪铺满庭院，尽管已是深秋，草坪依旧青翠。庭院尽头，是一座有着优雅飘窗和圆形阳台的白色别墅。除了投资所需的现款，阿廖娜的亡夫还给她留下了这样一处豪华的不动产。

我打开挂锁，推开门，吱呀一声，一如预期。我走进庭院，小径的两旁种着玫瑰，竟是少见的橙色。

我寻找着门铃，又注意到大门并没有完全关上，就只是碰了门把手，大门便像自动门一样无声地打开了。或许是阿廖娜特意为我敞开的，也可能是因为她粗心大意忘了关好。

就在这时，我依稀听见从房子深处传来了男性的声音。我探头朝里望去，发现大厅的墙壁围成六角形，右斜后方有扇门微微敞开着。地板是嵌石工艺的，天花板很高。我走进屋里，最初的一步引起了极大的回音，于是从第二步开始，我便小心翼翼地迈着不出声的步子。

从右斜后方那扇敞开的门里，传来了阿廖娜的声音。

“你到底在想什么？！”

她在怒吼。

“为什么不行？”

一个男人的声音吼回去，充满愤怒，但并不粗哑，反而带着年轻人特有的润泽，还有一丝撒娇的语气。我只能听懂其中德语的部分。

“投资你就和往大海里丢钞票差不多。”阿廖娜虽然放低了声音，但语气中却带上了轻蔑。

听到这挑衅的话语，男人并没有生气，反而低声下气地请求道：

“就借我一千欧吧，今天必须还给我的好朋友。不然的话……”

我轻手轻脚地靠近门，透过门缝向里望去，看见壁炉旁的墙边靠着一根火钳。它看起来很沉，尖端锋利，像是一件武器。我换了个角度，看见了穿着白色连衣裙的阿廖娜。阿廖娜的眼前站着一个青年，长长的黑发遮住耳朵。青年的双眼如蓝宝石般闪耀，但那光芒过于强烈，甚至显得有些刺眼。我藏在门后观察着他们的一举一动，同时悄悄地将门缝再推开十厘米。阿廖娜叹了口气。

“OK.”她说。随即转身走向架子，弯下腰，准备打开一个放在腰部高度的饼干罐的盖子。就在这时，青年抓起靠在墙上的火钳，迈开大步向阿廖娜的后背逼近。

我正要发出尖叫，阿廖娜却开口了：

“不过呢——”

她边说边站直身体，向后退了两步，接着右肩稍稍一扭便转过身来。就在那时，从阿廖娜的肩胛骨处伸展出一对巨大的鸟翼，翅膀迅速展开，仿佛从下方托起一般，穿过青年的腋下向天花板大幅张开。青年失去平衡，被一张矮桌绊住了脚，仿佛在空中画出一条弧线，整个人向后翻倒过去，脑袋重重地撞在沙发角上。他捂着头，身子蜷缩成虾米的形状，倒在地毯上呻吟着。

“罗佳，抱歉，很疼吗？”阿廖娜蹲下身子关切地问道。

青年的脸因痛苦而扭曲，他缓缓站起身来，再次捡起滚落在地的火钳。

我再也沉默不下去了，大声喊道：

“小心！他想杀了你！”

青年吓了一跳，他发现了站在门外的我，把火钳一扔就要朝我扑过来！

实际上他没有扑过来。是我误会了，他只是把我推到一边逃走了。

我全身无力地瘫坐在地上，阿廖娜走过来，把手伸进我的腋下，半抱半搀地带我到沙发旁。她似乎还没弄清发生了什么事。

“怎么回事啊？哎呀，已经三点了？”她还在说这些不痛不痒的话。

我死死地盯着墙上的古董钟，心想，为了方便警察问询，我必须清楚地记下时间。时针和分针分别指向天堂和东方，我却无法将这个画面在脑海中转化为具体的时刻。

“要喝点什么吗？今天的罗佳怪怪的，那种程度的吵架就跑了，真少见。我本来还想借钱给他的。”

“你完全没意识到刚刚发生了什么吗？”

“就是平常的吵架，别担心，没事的。”

“罗佳刚才想用铁棒从后面敲你的头。”

听了我的话，阿廖娜不禁倒吸一口凉气。

“不可能。”

“我亲眼看到的。我没有必要扯这种谎。”

“如果他真的想打我，为什么最后没有动手？”

“因为你用太极的招式自保了，他才没能得手。”

“招式？我还没有掌握任何招式啊。”

“白鹤亮翅。白鹤把右侧的翅膀向右后方展开，用来击退从后方袭来的敌人。”

阿廖娜笑了。我原以为她没把我的话当回事，但又觉得并非如此。

“也就是说，虽然我还没学会任何招式，身体却在危险来临的时候自动地保护了我？如果真是这样，那我就能安心生活了。我得感谢陈老师。现在，我们就用香槟庆祝吧。冰箱里正好有一瓶冰镇的。”

她说着，爽朗地笑了。

在接下来的一周以及下下周里，我们继续在太极拳学校一个接一个地学习新的动作。有些动作要求我们像把丝线缠绕在双臂上，引诱面前的影子，并向后退去，还有一些动作要求我们抓住鸟的尾巴，将它拉到腹部的位置，但却不和腹部做任何碰触，而是迅速地把它朝侧面送出去。

当我们学到第十式时，柏林城已被厚厚的积雪覆盖了。看到雪，阿廖娜怀念起圣彼得堡的冬天，罗莎琳德则开始思念马尼拉的阳光。

我在图书馆找到了一本厚厚的有关于长春的历史书，每晚都读上几页。隔壁房子的窗帘在天黑后总是染上一层温暖的橙光，我能想象在窗帘的另一侧那其乐融融的两人。但自从那件事以后，我就再也没有去按过邻居家的门铃。

图书在版编目（CIP）数据
白鹤亮翅 /（日）多和田叶子著 ; 林拳译. -- 南京 : 译林出版社, 2025. 8. --（多和田叶子作品）. -- ISBN 978-7-5753-0685-0
Ⅰ. I313.45
中国国家版本馆CIP数据核字第20255QK953号

著作权合同登记号　图字：10-2023-466 号

白鹤亮翅　［日本］多和田叶子／著　林　拳／译

责任编辑　王　玥　宗育忍
装帧设计　山川制本workshop
校　　对　施雨嘉
责任印制　颜　亮

原文出版　朝日新闻出版，2023
出版发行　译林出版社
地　　址　南京市湖南路 1 号 A 楼
邮　　箱　yilin@yilin.com
网　　址　www.yilin.com
市场热线　025-86633278
排　　版　南京展望文化发展有限公司
印　　刷　苏州市越洋印刷有限公司
开　　本　787 毫米 ×1092 毫米　1/32
印　　张　9.375
插　　页　4
版　　次　2025 年 8 月第 1 版
印　　次　2025 年 8 月第 1 次印刷
书　　号　ISBN 978-7-5753-0685-0
定　　价　68.00 元